SHONEN JUMP MANGA

# Lilim Kiss

Mizuki Kawashita

## Band 1
## Magical First Kiss!

TOKYOPOP®
HAMBURG // LONDON // LOS ANGELES // TOKYO

**Ein TOKYOPOP® Manga**

**TOKYOPOP GmbH**
**Bahrenfelder Chaussee 49, Haus B**
**22761 Hamburg**

TOKYOPOP
1. Auflage, 2009
Deutsche Ausgabe/German Edition

Aus dem Japanischen von Daniel Büchner


First published in Japan in 2000 by SHUEISHA Inc., Tokyo.
German translation rights in Germany, Austria and German-speaking Switzerland arranged by SHUEISHA Inc.
through VIZ Media, LLC, U.S.A.

Redaktion: Diana Hammermeister
Lettering: MPS Ad-Studio
Herstellung: Fabian Salzmann
Druck und buchbinderische Verarbeitung:
CPI–Clausen & Bosse GmbH, Leck
Printed in Germany



ISBN 978-3-86719-755-7

**www.tokyopop.de**

SHONEN JUMP MANGA

# Lilim Kiss

## 1 Magical First Kiss!

河下水希
Mizuki Kawashita

## INHALT

# 1 Magical First Kiss!

# Kapitel 1 Magical First Kiss!

# Kapitel 1 Magical First Kiss!

ド
ゴッ
WAKKK!
WOMPPPH!
WAKKK!
PLOMMM!
Aaahh ...!
バギッ
WAKKK!

Hff ...
Hff ...
Oh Mann! Der Kerl ist nicht allein gekommen!
Hat mich ganz schön kalt erwischt! Immerhin hab ich sie trotzdem plattgemacht ...!
Krass! Er hat sie echt alle fertiggemacht!
Okay ...
Nächstes Mal bist du an der Reihe, Matsuda!
ギクッ
SCHLUCK!
Du bist einfach mal der Chef im Ring!!
はっ
HUH?!
Vergiss es! Wenn ich dich plattmache, fährt Miu-chan* wohlmöglich noch auf MICH ab! Daran hatte ich gar nicht gedacht, echt dumm von mir!
Wenn man's mal genau bedenkt, sind wir doch Freunde! FREUNDE!!
DU und ich ...?!
*-chan: verniedlichende Anrede für gute Freunde und kleine Kinder

...
Das ist doch ...
... der Anhänger, auf den ich heute Morgen getreten bin ...
Huh?!
Was ist das denn?! Wusste gar nicht, dass du so was trägst! Sieht voll uncool aus!
Quatsch! So ein Teil würde ich doch nicht von der Straße aufheben!
Dabei hatte ich es doch gar nicht weiter beachtet und dort liegen lassen ...
Irgendwie unheimlich ...
Oh!
SWUUSCH!

Hey, ist das da nicht Takaya Saiki von der Nishiko?
Huh? Ja, das ist er! Oh Mann, der ist ja sooo cool!
Aber auch ein bisschen Furcht einflößend, findet ihr nicht?
Er guckt immer so grimmig, als würde er jeden Moment an die Decke gehen. Scheint, als prügelte er sich ständig nur mit irgendwelchen Typen!
Außerdem hat man bei ihm irgendwie das Gefühl, als würde er Mädchen die kalte Schulter zeigen!
Ja, aber das macht ihn ja gerade cool!♥♥♥
Hmpfh ...
Du Glückspilz ... Ich wünschte, um mich würden sich bei den Mädels ebensolche Gerüchte ranken wie um dich.
Red keinen Scheiß!
Du lässt sie alle links liegen, obwohl du total gut bei ihnen ankommst. Echt schade drum.
Aber dass du mal mit irgendeinem Mädchen rummachst, kann ich mir bei dir sowieso nicht vorstellen.

BOKKK!
Mädchen stehen nämlich nicht auf Sturköpfe wie dich ...
Autsch!
Hmpfh ...
Die Leute denken über mich sowieso immer nur das, was sie wollen!
Ständig legen sich irgendwelche krassen Typen mit mir an, weil ihnen meine Visage nicht gefällt.
Und da ich so muskulös bin, glauben alle, ich wär unbesiegbar.
Und dann auch noch das dumme Gerücht, ich könnte Frauen nicht ausstehen ...
Shit!
Warum beurteilen mich alle nur nach meinem Äußeren?!
Ich gehe ins Fitness-Studio, sehe und spreche keine Frauen an und benehme mich so, als hätte ich kein Interesse an ihnen, um stark zu werden!
Hrr! Ich Idiot hab das bescheuerte Image, das ich bei den Leuten habe, doch selbst mitaufgebaut!
BASCHH!

HYUMMM!
Okay! Dann mach ich eben, was die Leute von mir erwarten und markier den starken Kerl ...
DONGGG!
Agghh!!
...! Mir ist irgendwas auf den Kopf geknallt!
Wer war das?! Na los, komm rau...
KRAAH!
Ein Rabe?!
KRAAH!
KRAAH!
Was zum Teufel hat das Vieh da auf meinen Kopf fallen la...

Schon wieder dieses Ding?!
Erst hat es mich zum Stolpern gebracht und jetzt knallt es mir auch noch auf den Kopf!
Besser, ich nehm es mit.
Dann kann mir so was auch nicht nochmal passieren.
Hmm ...
Mal sehen, was es heute wohl zum Abendbrot gibt.
Hmm ...

*(lateinisch fiola; griechisch phiale); ein birnenförmiges Glasgefäß mit langem, engem Hals

PLOMM!
ふわっ
H...
Huh ...?!
DRIP...
ポトッ

Eine FRAU?!
Ist die etwa da rausgekommen?!
Das kann nicht sein! Aber woher sollte sie sonst ...
...
Sie ist verdammt hübsch ...
ゴクッ
SCHLUCK ...
BLINZEL!

がばっ
KAWAPPP!
Uahh!!
Und jetzt wacht sie auch noch aus heiterem Himmel auf?!
Ehrlich! Ich hatte nichts Unsittliches mit dir v...
Huh?
Hey! Moment! Wa...
Nfh!
Nnnh ...
PLOMM!

Wer hätte gedacht ...
... dass Küssen sich so gut anfühlt ...
Als würden mein Kopf und mein ganzer Körper dahinschmelzen ...
Als würde sämtliche Energie aus meinem Körper gesogen ...
Uh ...
Raaaaahh! Ich hab zu viel eingesogen! Was mach ich denn jetzt?!
Oh nein! Hey, du! Alles in Ordnung?!
SWUMMM!
Wenn du stirbst, gibt das einen Aufruhr und ich komme in Schwierigkeiten!
Verflixt! Verflixt!

Na ja, wie auch immer ... Fürs erste Mal seit Langem war's ziemlich lecker!
Aber ich war so lange versiegelt, dass ich immer noch einen Mordshunger habe!
Ich muss schnell weg von hier, bevor irgendjemand seine Leiche findet.
MURMEL ...
So einfach geh ich nicht drauf ...
Ich glaub's ja nicht!! Du lebst noch?!
SCHWÄCHEL!
Hrr ...! Du hast mir wirklich die gesamte Kraft aus dem Körper gesaugt ...!
Ich hatte es eben zwar schon gefragt, aber was genau hast du mir da eben entzogen ...?!
Eh he!
Na, deine Lebensenergie!♡

ROBB... ROBB...
L... LEBENS-ENERGIE?!
Kurz gesagt, deine Körperkräfte. Deine Lebenskraft ist ganz schön hoch, wie die von Kakerlaken!
KICHER!
Ich schätze, das eben war dein erster Kuss!
So wie du dich gesträubt hast! Süß!
H... Halt die Klappe! Mach dich nicht auch noch lustig über mich!
Aber es hat sich doch gut angefühlt, oder nicht?
Duu ...
Ghgghh!
GRAPP!
Hey! Schön brav bleiben!
Ach ja! Du musst mich deinen Freunden vorstellen! Wenn möglich Männern, die noch frisch und knackig sind!
B... Brüste ...!!
POCH! POCH!
QUETSCH...
I... Ich soll dich ihnen vorstellen ...?!
Die Liste mit den Namen meiner Klassenkameraden liegt auf dem Schreibtisch, aber ...
Und jetzt auch noch ihr Unterhöschen!
Eh? Was ist das?! Cool! Da stehen ja alle Infos drauf ... sogar die Adressen! Yippie!!

Hmm ...
!
FLAPP!
Bis sie alle schlafen gegangen sind, werde ich mir noch die Zeit vertreiben. Und dann ...
ROBB ROBB ROBB ROBB
Ha!
Ha!
Ha!
Ha!
Was soll das denn sein? Ein Lachen?
Ah, verstehe ... Du hast dich wegen meiner Flügel erschreckt.
Ha ... Ha ...
Du kommst aus 'ner Phiole und dir wachsen Flügel ...!
WER zur Hölle bist du?!!
Ich?
Ich bin Lilim!
GARRANGG ...

Danke, dass du das Siegel gelöst und mich befreit hast!
Also dann! Bye-bye!
FLAPP!
»Siegel«?! Was für ein Siegel?!
Soll das heißen, du bist so 'ne Art Flaschengeist?!
Ich ...
Ich muss sie ...
ずるっ
SLIPP
... wiedersehen ...
Haach ...
Die Luft hier draußen ist wirklich herrlich!

Ihr Mörder muss sich noch irgend-wo hier befin...
Wa...
Was ist hier pas-siert?! Alle tot ...?!

...
SCHLUCK!
Kojima ...?!
Du ...
U...
UAAAAAAAAAHHH!!!
BASCHH!

Aaaaahh ...
Huh?
War das ein Traum ...
Ein Mädchen, dem Flügel wachsen, und meine Klassenkameraden tot im Flur ...
Das kann einfach nicht real gewesen sein.
Aber ...
NESTEL ...
Warum habe ich dann immer noch das Gefühl, sie tatsächlich berührt und geküsst zu haben?!
GRÜBEL ...
GRÜBEL ...
?
REIB ...
REIB
REIB

Nein! Reiß dich zusammen! Es war nur ein Traum! Nur ein Traum!!
ガラッ
GARRANGG ...
がら〜〜ん
GARRANGG ...
Eh ...?
はっ
HUH?!
1-4
Wa...?!
Was ist hier los?! Ein kollektiver Unterrichts-boykott?!
Ein Mädchen kommt aus einer Phiole, küsst mich und saugt mir meine Lebensenergie aus.
Als ich ihr die Liste mit meinen Klassenkame-raden gebe, träume ich da-raufhin, dass alle tot sind.
Und dann kom-me ich heute in die Schule und meine gesamte Klasse fehlt ...
Nur Kojima ist zum Unterricht erschienen ...

*-kun: Anrede für Jungen und jüngere Männer. Aber auch ältere Männer reden Mädchen mit -kun an, klingt weniger förmlich.

Alles klar! Du hattest ihn also auch, aber du konntest ihren Verführungskünsten widerstehen!! Ja, das ist der Saiki-kun, den wir alle kennen ... Aufrecht und standhaft bis zuletzt!!
Etwa das Mädchen aus der Phiole ...?
...
Moment mal!
Langsam aber sicher bekomme ich das Gefühl, dass ICH an der ganzen Sache schuld bin!
Hey, Saiki-kun ... Hörst du mir überhaupt zu?
POCH ...
POCH ...
POCH ...
POCH ...
POCH ...
Es ist nur so eine Vermutung, aber ...
... könnten da nicht teuflische Mächte am Werk gewesen sein?!
In irgendeinem Buch, das ich letztens gelesen habe, taucht ein Dämon auf, der Männern in ihren Träumen das Lebensblut aussaugt!!
WUOOOOOOOOOHHH!
Findest du nicht, dass sowohl die Gestalt als auch das Verhalten des Mädchens haargenau zu der Kreatur in dieser Geschichte passen?!
Ähem ... Ich hatte schon befürchtet, du würdest mich auslachen, so wie ich gerade abgegangen bin ...
Danke, dass du beim Zuhören so ernst geblieben bist!
HUH?!

Ja! Ich denke, diese Vermutung ist absolut korrekt! Es stimmt ... Ihr Siegel wurde gelöst, sie hatte Hunger und wollte die Liste mit unseren Klassenkameraden ...
Ich bin überrascht ...! Hätte echt nicht gedacht, dass du mir diese Geschichte abnehmen würdest ...!
FREU!
Okay! Auf zur Bibliothek, vielleicht finden wir dort irgendwas über sie heraus! Gehen wir, Kojima!!
DASCHH!
Na, so was! Dass du so auf okkulte Phänomene abfährst ...!
Dabei hab ich mich immer von dir ferngehalten, weil ich Angst vor dir hatte. Aber wir scheinen irgendwie auf derselben Wellenlänge zu liegen!
GRAPP!
Klar, das Ganze hört sich schon ein wenig verrückt an. Also lass uns der Sache erst mal auf den Grund gehen!
Das ist nicht an den Haaren herbeigezogen, sondern die Wahrheit.
DA!!
Ich hab was! Das ist sie!
BAMMM!
Hm?
Vielleicht sollten wir noch ein bisschen mehr recher...
BRÜLL!
Ich hab gesagt, DAS IST SIE!!

Da! Ganz genau beschrieben!
...
ZITTER...
ZITTER...
»Durchstreift die Nacht, induziert Männern im Schlaf unsittliche Träume und saugt ihnen dabei ihre Lebensenergie aus!«
Der »Sukkubus«, Lilim ...!
BLUSH ...
もわん
RÄKEL!
Haaalt! Warum ist sie NACKT?!
Okay! Als Nächstes müssen wir eine Methode finden, wie man sie auslöscht!
Ja ...
BAMM!
Hm?
BRABBEL...
BRABBEL...
Sie auslöschen ...?
Aber es gibt keine Garantie dafür, dass ich sie jemals wiedersehe ...

Hey, die ist verdammt süß, findet ihr nicht auch? Und diese großen Brüste ...
Die ist total mein Typ!
Wer ist das? Und diese scharfen Klamotten ...
Soso ... Lilim-chan ... Was für ein schöner Name!
Das ist Matsuda!
Gehen die beiden miteinander, oder was?!
Verdammt! Platzt einfach rein und stiehlt uns die Show!
Hey, du bist echt süß, Lilim-chan!
Ach komm, hör auf!
Und WIE süß bin ich?
Na ja ... Ähm ...
So süß, dass ich dich am liebsten in meine Arme nehmen möchte, um dir 'nen Kuss zu geben!!!
Hi hi hi ...
Gut, wenn du willst!
Huh ?!
Echt ?!
TRAPP
TRAPP
TRAPP
TRAPP

Li...
TRAPP
TRAPP
Lilim!! Hör auf damit!!!
TRAPP
ZETER!
Was soll das, Saiki?! Geh mir aus dem Weg!!
Idiot! Ich will doch nur helfen!!
BRÜLL!
Aah !!
DU!! Ähm ... Klassenlisten-Nummer 13, Takaya Saiki-kun!!
Ha ...
Ha ... Ha ...
Ich bin ja so froh, dass du da bist! Ich hab die ganze Zeit über auf dich gewartet!!
UMARM!
AAAAAAHHH!!
WIESO kennt Saiki Lilim-chan?!
Hach, ich bin ja so froh, dass wir uns wiedertreffen!
B... Bleib weg von ihr, Saiki-kun! Die Kleine ist ein t...t... teuflischer Dämon!!!
Mist! Wenn rauskommt, dass ich sie aus dem Anhänger befreit habe, dann ...
SCHLUCK!

ダッ
DASCHH!
?
Lauf, Lilim!!
Aah!
Haaaahh!! Der Kerl hat mir schon wieder eine wegge-schnappt!!!
Saiki-kun!!
Und ich hatte gedacht, du würdest ihren Reizen wider-stehen ...!
Ha ...
Ha ...
HA ... は
Was zur Hölle hast du auf einer Jungen-Schule wie meiner zu suchen?!
はあっ HA ...
はあっ HA ...
はあっ HA ...
Ich habe dort auf dich ge-wartet, weil es noch etwas gibt, das ich von dir will!
...? Und was willst du von mir?
Hmm ...
すてっ PLOMM!
Das hab ich nach dem ganzen He-rumgerenne doch glatt vergessen!

Okay, machen wir's so!
Also, du bist echt ...
Kann ich so lange bei dir bleiben, bis es mir wieder einfällt?
Hä ?!
Ich würde dich gerne noch einmal küssen.
POCH!!
Ich habe seitdem zwar schon jede Menge andere geküsst ...
... aber du schmeckst einfach am besten
Was ist hier los ...?!
Ich habe vorhin was über dich in einem Buch gelesen ...
Oh! Ich bin aufgeflogen?
Du bist ein Dämon, der Männern im Traum erscheint!
Deshalb haben heute auch alle in meiner Klasse gefehlt!
Ich habe im Traum gesehen, wie du sie ... ausgesaugt hast ...!

Ja und?!
Was soll ich denn machen?! Ich bin nun mal ein Dämon!
SCHMOLL!
Als hätten Dämonen keinen Hunger! Wenn wir nicht essen, sterben wir, genauso wie ihr Menschen!
Außerdem ist es okay! Schließlich gehe ich niemals so weit, sie dabei zu töten!
Ach, und deshalb geht es für dich auch in Ordnung, jeden dahergelaufenen Kerl zu k... küssen?!
Klar, ich verstehe nicht so viel davon ...
... aber küsst man sich denn nicht, weil man sich mag ...?!
Ah ...!
Das bedeutet dann aber ...
... dass du dich jetzt wohl besser in mich verliebst, damit es auch für dich okay ist!
GRAPP!
Ich Idiot! Was rede ich denn da ...?!
Verstehe!

Was?! Wieso soll ich mich in dich ...?!
Na, weil ich dich nochmal küssen will!
Komm schon, Takaya! Du quillst über vor Lebensenergie! Ich möchte doch nur ein wenig davon abbekommen!
Na gut! Dann such ich mir eben einen anderen Mann ...
FLAPP!
Aaahh!! Halt! Warte!!
Was denn? Wühlt dich das denn so auf?
Schon gut! Ich werde auch behutsam vorgehen! Also keine Sorge!
Krieg jetzt bloß keinen falschen Eindruck von mir! Ich möchte nur nicht, dass es zu weiteren Opfern kommt!
Ach was! Ich habe im Moment sowieso kaum Hunger!
Bereite DU dich lieber schon mal so gut es geht auf morgen Abend vor! ♡
Nein! Warte!!
Wenn sie satt ist, braucht sie bis dahin ja wohl auch nicht zu anderen Männern zu gehen ...
Blöde Kuh ...!

Aber wenn sie morgen Abend kommt, kann ich sie wieder ...
GARDANGG ...
ERRÖT ...
ZZZZ ...
ZZZZ ...
PLOMM!
Du schläfst einfach auf meinem Futon?!
Nnh ... Ich hab seit gestern Abend kein Auge mehr zugetan!
Und ich kann mich immer noch nicht daran erinnern, was ich von dir wollte. Also lass mich ...
ZZZZ ...
Oh Mann!
Sie macht mit mir echt, was sie will! Dabei lass ich mir doch sonst nichts gefallen!
Und dann schläft sie auch noch in diesen sexy Klamotten!
Verdammt! Wie soll denn da einer lernen?!
KULLER ...
!

Na klar!
Jetzt weiß ich, was sie will ...!
Hnnnh ...
Ihre Schlafposition ...
Will sie mich verführen ...?!
Hey!
Hi ...
Ich dachte, du machst dir nichts aus Frauen! Was zur Hölle war das gestern dann, hä?!
Wo bist du mit Lilim-chan hin, nachdem du sie mir weggeschnappt hattest?!

Ich bin ernsthaft in die Kleine verknallt!
HEUL!
Und was ist mit Miuchan?!
Sag schon! Habt ihr etwa die ganze Nacht zusammen verbra...
KAWAKKK!
Hat IRGENDJEMAND gesagt, ich hätte das getan?!!
Echt?! Ihr hattet auch diesen Traum mit dem Mädchen?!
Und ... was hat sie in deinem Traum mit dir gemacht?
Wie meinst du das ...?
Rück schon raus! Sie hat was Unanständiges mit dir gemacht, stimmt's?! Also ICH hab nicht weiter nachgedacht und mein Gesicht zwischen ihre Brüste gedrü...
TWAKKK!
STAPF ...
STAPF ...
Sorry, bin ausgerutscht.
Irgendwie ist Saiki heute mies drauf ...
Er kann's überhaupt nicht leiden, wenn man über solche Dinge spricht ...
Fast alle Schüler sind heute zum Unterricht erschienen.
Ja ...
Saiki-kun ...
Hast du Sugawara eben etwa 'nen Kick verpasst, weil du eifersüchtig auf ihn bist?
DONGG!

BEB ...
BEB ...
Wirklich ...? Ich dachte schon, sie hätte dir 'ne Gehirnwäsche verpasst!
N... Nein ...! Bin ich nicht ...!!
Egal ... Jedenfalls werden wir die Sache heute Abend durchziehen! Also hör mir zu!
Eh? Du meinst, dass wir sie auslöschen sollen, oder?!
Nein, nicht auslöschen ...
Aber ...!
Ich habe mir die ganze Nacht über den Kopf darüber zerbrochen ...
Eh?
Ist das ein Date, Takaya?
Wo wollen wir denn hin? Also ich würde ja sooo gerne mal nach Disneyland!♡
Ich hab doch gesagt, dass dies nur 'n Spaziergang und kein Date ist!
LUG ...

Hatte ich mir's doch gedacht, dass ich Lilim-chan wiedersehen würde, wenn ich in der Nähe von Saikis Wohnung auf sie warte ...
Aber dass die beiden wirklich miteinander gehen ...!!
La ...
La ...
Lalaa ...♡
Ich bin total aufgeregt!
Ich nicht ...
Hey, wollen wir Händchen halten?
Eh?!
WARUM?! Händchenhalten wär doch wohl der Beweis für ein Date!
GRAPP!
Oooh!
Deine Hände sind ja riesig, Takaya ...!
POCH ... ドキ
POCH ... ドキ

Aber auch ein wenig verschwitzt ...
HRR!! ICH BITTE VIELMALS UM ENTSCHULDIGUNG !!!
Wo sind wir? Hier ist ja gar nichts.
Dann hast du also irgendwas Unanständiges mit mir vor?
Auweia!
NEIN!! Hab ich NICHT!!!
GRAPP!
Dann sag mir, warum du mich hierher ge...
DOMMM!
Iaaghh!

Das hat wehgetan!
Du hast wohl doch was Unanständiges mit mir v...
Ah!!
Wa...
Was ist das ...?!
GYOMMM!
Die vergrößerte Version eines Ornaments, das die Kräfte von bösen Geistern absorbiert.
WWP...
Für einen niedrigrangigen Dämon wie dich müsste es völlig ausreichend sein ... oder?
SWUMM...
...

N... Nein ... Es zieht mir die Energie aus dem K... Körper ...
H... Hilf mir ... Takaya ...!
Darum ging es dir!
Das ist es doch, was du von mir zurückhaben wolltest, oder?!
Du willst, dass ich dir helfe, nachdem du mir dasselbe angetan hast?!
Lilim ...
Das ist ...
Ja ...
Solange es sich in Besitz eines Anderen befindet, kann dieser dich wieder in den Anhänger verbannen!
...
Warum tust du das, Takaya ...?
Dabei ...
... hatte ich mich so darüber gefreut, dass du mich eingeladen hast ...
Ich dachte, wir ... wir könnten eine schöne Zeit miteinander verbringen ...
GRRP!
Deine Anwesenheit bringt uns allen nichts als Ärger.

Ich trage die Schuld daran, dass es so weit gekommen ist.
Takaya!!
Und deshalb ...
... werde ich dich auch wieder bannen ...!
Haaalt!! Warteee!!!
Was?!
M... Matsuda!!
BASCHH!!
Was hast du mit Lilim-chan gemacht?! Sie leidet!! Siehst du das denn nicht?!

Idiot!! Was hast du hier zu suchen ...?!
ÄRGER
Hrmpfh ...! Er hat unseren ganzen Plan zunichtegemacht ...!
Du ... Du bist echt ... Hrraa-aaahhh!!
Verflucht! Warum müssen alle immer nur auf DICH stehen, Saiki?!
Jetzt hör endlich auf damit!
Nur noch ein biss-chen ...
Nur noch ein bisschen und ich kann es ...
Aah ...
Aber ich habe keine Kraft mehr ...
DOSCHH!
Pass auf, Ta-kaya!!
SCHEPPER!
!

KARRANGGG
KARRANGGG
UUAAAAAAAAAAAAAAAAHHH!!!
KARRANGGG
KARRANGGG
KARRANGGG
KARRANGGG
Aaaahhh ...!!
Saiki-kun!! Alles in Ordnung?!
...
W... Warum ...
Ich bin okay, aber ...
SLIPP ...
Lilim?
Lilim?!

Ich bin ja so froh ...
... dass ich dir am Ende doch noch helfen konnte ...
Hh ...
Li...
Warum, Lilim?!
Und das, obwohl ich vorhatte, dich zu ...
Warum hast du mir geholfen ...?!
Bitte! Mach die Augen auf!! Lilim ...!!
ぽたっ
PLITSCH ...
KULLER ...
Natür-lich!

Wenn ich sie küsse ...
Saí ...
DAMMM!
ZUCK ...

Wenn ich sie küsse, wird alles wieder ...
Ich frage mich ...
... was das wohl für eine Krankheit gewesen sein mag.
KLAPPER ...
MAMA
Du hast zwei volle Tage lang durchgeschlafen! Und das, obwohl deine körperliche Konstitution doch dein allergrößtes Plus ist!
Na ja, jedenfalls bin ich froh, dass du wieder gesund bist! Morgen gehst du wieder zur Schule!
...

にょこっ
LUG...
ばっさ ばっさ
FLAPP FLAPP
Sie hat Recht! Du bist wirklich ziemlich solide gebaut! Diesmal dachte ich echt, du würdest draufgehen!
Jetzt reicht's aber!! Und WESSEN Schuld war das, hä?!
BRÜLL
Also echt! Ist dir überhaupt klar, wie sehr du mich mit deinem Verhalten verletzt hast?!
Das ist ja auch der Grund dafür, weshalb ich dir so viel von meiner Lebensenergie gegeben habe!
PLING!
チャ
Aah!!
Der Anhänger!
Gib ihn mir zurück!! Na los!!
Nix da! Du willst mich doch nur wieder in ihm versiegeln!
Aber keine Sorge! Ich habe nämlich einen Weg gefunden, auf dieser Welt zu leben, ohne den Anderen dabei Probleme zu bereiten!
Hä?!

Ich habe mich dazu entschieden ...
... dass ich ab jetzt nur noch DICH küssen werde, Takaya!
...
W... Was ...?
Oder ist es dir lieber, wenn ich auch zu anderen Männern gehe, hm?
So! Und jetzt küss mich! Ich habe die letzten zwei Tage, an denen du geschlafen hast, nämlich nichts gegessen!
Ach ja?! Und was wird aus MIR?!
Na komm, Takaya! Smoooch! ♡
Irgendwann ... Irgendwann werde ich dich wieder in den Anhänger verbannen!!!

## Kapitel 2
## Die perfekte Chemie?!

Puh ...
Ich hab die 50 menschenfressenden Bären im Alleingang gekillt.
Damit dürfte in der Stadt wieder Frieden einkeh...
EINER IST ABER NOCH ÜBRIG!
Uaaaaahhh!! Aaaaaaahhh!!
Du ...?!
Sei schön artig und halte dein Versprechen, Takaya!!
Los! Gib mir einen heißen Kuss! ♡

Wa... Was ist DAS denn für 'n Storybogen?!
So! Guten Appetiiit!
Mo... Warte doch ma...
KABASCHH!
Nnffhhh ...!!!
...?!!
HUH?!
Was war das denn eben, Lilim?!
Mist! Zu früh aufgewacht ...
Egal ... Ich denke, das war mehr als genug für mich.
»Mehr als genug« ...?!
SCHWANK!
Du kleines Biest hast dich in meine Träume geschlichen ...!
TROTZ!
Was sollte ich denn machen?! Anders willst du mich ja nicht küssen!

Das darf nicht wahr sein! Ich hab heute in der ersten Stunde Sport ...!
KEUCH ...
Aber jeder gute Morgen beginnt nun mal mit einem Kuss!
Hey, wie wäre es, wenn du heute blaumachst und stattdessen mit mir zusammen was unternimmst?!
Du spinnst wohl! Ich hab schon oft genug gefehlt!!
SCHWANK
Ich hatte es insgeheim auf den Anwesenheitspreis abgesehen ... Aber den kann ich dank dir nun vergessen ... Shit!
Hmpfh! Takaya! Du bist echt ein Langweiler!

Hnnh!
DUMPP!
3,40 Meter!
Hm?
Der Nächste ... Nummer 13, Takaya Saiki?
Saiki-kun ist mitten im Wurf zusammengebrochen!
Krankenzimmer
Wäre es nicht wirklich besser, du würdest heute noch zuhause bleiben?
Du hast Lilim-chan in einem für sie lebensbedrohlichen Moment so viel von deiner Lebensenergie gegeben, dass sie sich wieder erholen konnte!
Dass du überhaupt noch lebst, grenzt meiner Meinung nach an ein Wunder, Saiki-kun!
Daran lag's nicht.
Sie hat mir gerade heute Morgen erst wieder 'ne ganze Menge abgezapft!

Waas?! HEUTE MORGEN?!
Heißt das etwa, dass sie immer noch bei dir ist ...?!
Was sollte ich denn machen?!
Sie ist aus freien Stücken zu mir gekommen!
Kojima
?
Was ist los, Kojima ...?
Ihr entfaltet beim Küssen offenbar die perfekte Chemie.
Gagghh!! Röchel!! Spotz!!
Was redest du da für einen Schwachsinn?!
Uaahh!!
Aber ist es nicht so, dass einzig und allein **deine** Küsse sie zufrieden stellen können ?!
Dafür muss es doch irgendeinen Grund geben!
Saiki
Unsere Klassenkameraden haben doch schon nach einem bloßen Probekuss einen ganzen Tag lang geschlafen! Du bist für sie definitiv was Besonderes, Saiki-kun!
SCHWAFEL ...
Es ist nur so eine Vermutung, aber wenn du wirklich ihr perfekter Gegenpart bist, müsste eigentlich bereits eine kleine Menge deiner Lebensenergie ausreichen, um ihren Hunger zu stillen!
Und eine geringere Menge bedeutet logischerweise auch geringeren Schaden, stimmt's?
SCHWAFEL ...
SCHWAFEL ...
Saiki

Aber egal, ob ich damit nun richtig liege oder nicht, sie muss auf jeden Fall wieder in den Anhänger gebannt werden!
Ah!
Ich hab's! Wie wär's, wenn du dich ihr für alle Männer dieser Welt opfern wür...
どごっ
BOKKK!
Agghh !!
»Perfekter Gegenpart«?! »Für alle Männer dieser Welt opfern«?! Was soll der Scheiß?!
ピシャッ
SWISCHH!
Lilim ...
Lilim!
ガチャ
GATSCHAKKK!
Hey!
Meine Mutter dürfte jeden Moment von der Arbeit nachhause komm...

Ah! Du bist wieder zu-hause! ♡
Was machst du denn da?!
Eh he he ... Ich hab nur mal eben bei dir gebadet!
Bist du verrückt?! Und wenn dich meine Eltern gesehen haben?! Was dann?!
GASCHH!
...
Ta...
...
Ich bring nicht mal 'ne Ausre-de raus ...
Ups!
FLUPP!
はらっ
TAKAYAAAA!!!
KAZZAMMMM!

SSSSH ...
Begreifst du eigentlich, was du da getan hast?!
Was, wenn du diesem wildfremden Fräulein irreparablen seelischen Schaden zugefügt hättest?! Wärst du überhaupt dazu in der Lage, die Verantwortung dafür zu übernehmen?!
Hah! Wenn die wüsste!
Nicht Lilim ist hier das Opfer, sondern ich!
Jetzt sag doch auch endlich mal was, Schatz! Ja, du! Ganz genau DU!!
Hmm ...
Nun ja ... Ich würde mal sagen, dass das schon ziemlich prächtige ...
PERVERSLING!!

Tja, wie dem auch sei ... ♡
Glücklicherweise konnte deine Mutter Schlimmeres verhindern. Es ist schon ziemlich spät.
Also, tu uns den Gefallen und bring sie zurück nachhause.
Nach-hause ...? Aber ...
Kann ich nicht hierbleiben ...?
Aber selbstverständlich! Komm in meine Ar...
ゴッ
BOKKK!
Sag bloß, du bist von zuhause weggelaufen!
Wenn dem so ist, ist es umso wichtiger, dass du dich so schnell wie möglich bei deinen Eltern ...

Aber ... Aber ...
Ich habe keine Eltern ...
Ihr habt's gehört!! Sie hat nichts, wohin sie zurückgehen könnte!!
Sie hat die ganze Zeit über allein gelebt!!
BAMM!
WAS?!
Stimmt's, Lilim?!
All die Zeit, die du von der Außenwelt abgeschirmt in Einsamkeit verbringen musstest!!
N... Nun ja ...
Heeey!! Lasst mich rauuus!!
Ich möchte eigentlich gar nicht mehr daran denken ...
Was machen wir denn nur mit dir ...?
Sie scheint wirklich einiges durchgemacht zu haben ...
Puh ...
Nur noch einen kleinen Ruck ...

Mutter ... Vater ...
Ich ... Ich bitte euch!
Lasst Lilim bei uns unterkommen ...!!
Ich weiß, ich verlange Unmögliches von euch.
Vor allem wegen der finanziellen Last, die damit auf euch zukommen würde.
Aber ich versichere euch, dass ihr euch um ihre Ernährung keine Gedanken machen müsst!
Und deshalb ...

Takaya!
ZUCK!
Waaaahh!! Danke, Takayaaaa!!
KAWAMMM!
Uaaahhh!!
Ähm ... Mo...
Und, Schatz? Wollen wir dieses Mädchen unter unserem Dach aufziehen ...?
Ich bin wirklich zutiefst gerührt! Hat er in den letzten Jahren nicht immer weniger mit uns geredet?
Ich hätte nicht im Traum daran gedacht, dass er eines Tages mit einer derartigen Bitte an uns herantreten würde ...!
Ähm! Nicht dass du denkst, ich sage das aufgrund irgendwelcher schmutziger Fantasien, oder so!
Die beiden vermitteln mir nur den Eindruck, als würden sie ziemlich gut miteinander auskommen!
SCHÜTZ!
Die letzte Entscheidung liegt n... natürlich bei dir ...!
Schatz ...
JAAAA!
YIPPIIIE!!

Soll das heißen, du bist ...
Vertrauen wir Takayas Worten ...
... und nehmen dieses Mädchen für eine Weile bei uns auf und sehen, wie sich die Dinge entwickeln.
Du darfst in diesem alten Mann vom heutigen Tage an deinen echten Papa sehen ...
KLONGG!
Du wirfst dich in diesem Durcheinander der Gefühle diesem blutjungen Mädchen an den Hals?!
A... Aber wenn Lilim-chan Takaya heiraten sollte, ist sie ganz offiziell unsere Schwiegertochter!
Wechsel nicht das Thema!
Wir beide hatten ja leider keine förmliche Hochzeitszeremonie, aber die beiden sollen unbedingt eine bekommen! Ist ein schönes Hochzeitskleid denn nicht der Traum einer jeden Frau?!
Wie wäre es, wenn wir dabei auch gleich unsere eigene Zeremonie nachholen würden, Schatz?
Was für eine gute Idee! Hach! Du bist wirklich der Beste! ♡
Aber du hast Recht!
Ich wollte ja eigentlich schon immer ein Mädchen und keinen Jungen haben.
All die schönen Kleider, die man ihr anziehen kann. Ja! Das habe ich mir schon immer gewünscht!
...

AH HA HA!
Aber vielleicht ist das jetzt auch ein wenig zu voreilig.
Schließlich wissen wir ja nicht mal, ob Lilim-chan Takaya überhaupt derartige Gefühle entgegenbringt, nicht wahr ...?
SCHLUCK!
Doch ...
Ich liebe ihn!
E...
Oh, wirklich?!
ECHT?!
Li...
Ich liebe ihn ...

... für seine leckeren Küsse! ♡
SCHWINDEL!
AAAAAa-AAAAAAA-HHHH!!!
Das hier wird von heute an dein Zimmer sein!
Es hat mich total happy gemacht, wie du dich für mich ins Zeug gelegt hast! Danke!
RASCHEL...
RASCHEL...
Ich hab's nur getan, damit du anderen Männern nicht auf den Wecker gehst! Das hab ich doch schon gesagt!
Ich liebe Takaya!
Das war ...
POCH... POCH...

... wohl eher so gemeint, wie ein: »Ich liebe Steak!«, oder »Ich liebe Kuchen!« ...
ボソッ MURMEL ...
Ich bin für sie also lediglich ein Snack ...
じーっ SCHWEIG ...
Hey! Was willst du?!
Wir haben uns doch erst heute Morgen geküsst!
ビクッ ZUCK!
Darum ging es nicht. Ich habe mich nur gerade gefragt, wie es kommt, dass du so viel Lebensenergie besitzt, Takaya.
Tja ... Keine Ahnung ... Vielleicht ...
Vielleicht sind du und ich ... füreinander geschaffen ...
»Füreinander geschaffen«?
Deshalb sind meine Küsse ... für ... für dich auch so ...
Hiiiiiii!!
はっ WAPP!

Hey, Moment mal! Und was passiert jetzt?!
POCH ...
Überschreiten wir diese Grenze nicht ein wenig zu schnell?!
Ah!
Das ist es!!
Eh? Was ...? Mein Muttermal ...?
Genau! Gerade ist es mir wieder eingefallen!
Wenn ich jemanden küsse, der ein Muttermal an der gleichen Stelle wie ich hat, wirkt seine Lebensenergie doppelt so stark auf mich!
Siehst du? Ich hab an der Stelle auch eins ...
LUPF!

BOOING!
Wa... Wa... Wa...
Was denkst du dir dabei?! Spinnst du?!
LUPF!
Ach ja, und am Po habe ich auch noch eins ...
D... Du brauchst es mir nicht zu zeigen! Wirklich nicht!!
Hast du am Po auch ein Muttermal?! Los! Zeig mal!!
REISS! ZERR!
Macht es dir Spaß, die Hintern anderer Leute anzugaffen?!
UUAAAAAAAHHH!!
Was denn?! Ich will nur sichergehen!!
KREISCH!
LÄRM!
Hah! Wusst ich's doch! Auf der linken Pobacke! So wie bei mir!
DOKK DOKK
Irgendwie schwant mir übles ...
Ihr beiden seid schon wieder dabei ...?!
JAAAA!!
Haach! Unglaublich! Ich bin auf den perfekten Kerl gestoßen! Was bin ich doch nur für ein Glückspilz! ♡
Lass mich endlich los ...!

LUPF!

# Kapitel 3 Loveletter

LUG!
ひょこっ
Lass uns was zusammen machen, Takaya! ♡
Hmm ... »Nennen Sie die Silbenschriften der folgenden fünf in Kanji geschriebenen Wörter.«
Huh?! Du lernst?! Aber du bist hier doch nicht in der Schule!
Weißt du, ich will nicht, dass aus mir ein Vollidiot wird, der nichts weiter kann, als sich rumzuprügeln!
Ich sehe mich als Meister des Schwerts und des Stifts! Aber dass ich meinen Unterricht nicht nur vor-, sondern auch nachbereite, erzähle ich niemandem! Dann würden mich die Leute nämlich für ziemlich uncool halten!
So, so ... Ich bin stolz auf dich, Takaya!
Ich werde dir beim Lernen helfen!
Nein, schon gut ...
Soll ich Aufgabe eins beantworten?
Hmm, also ... Nummer eins ist »Yukata«, Nummer zwei »Futon«, Nummer drei »Katazu«, Nummer vier »Nozoku« und Nummer fünf ...
!

Hey!
Du bist ja gar nicht so dumm, wie du aussiehst!
GRUMMEL!
Was soll DAS denn heißen?! Ich bin nicht dumm, klar?!
Okay, und die nächste Frage? »Schreiben Sie den Begriff kiki ippatsu mit Kanji.«
Ist doch klar wie Kloßbrühe!
KLICK KLICK
»Patsu« ist dasselbe Kanji wie das in dem Begriff »kami no ke«, da bin ich mir sicher ...
Ups ...!
Ich kann ja gar nicht schreiben!
BOKKK!
LACH! LACH!
Ha ha ha ha ha!! Wie bitte?! Du kannst Kanji lesen, aber nicht schreiben?!
Warum auch? Bis jetzt musste ich ja auch noch nie was aufschreiben!
Aber du musst bestimmt ziemlich viel schreiben, nicht wahr, Takaya?
Bei all den Briefen, die du bekommst!
Hä?!

Da! Die ganzen Pappkisten in deinem Wand-schrank!
Sie sind bis oben hin voll mit Briefen von allen möglichen Mädchen!
Das sind doch wohl Liebesbrie-fe, oder? Oder?!
Hach! Du bist ja so beliebt, Takaya!
Ich würde auch so gerne von jemandem so leidenschaft-liche Briefe geschickt be-kommen!
うっとり
TRÄUM!
Und dann ... dann würde ich mich mit meinem Verehrer auf ein Date treffen und mit ihm einen Aus-flug nach Disney-land machen!
Du hast sie gelesen, ohne mich vorher zu fragen?!
Wieso? Ist dir das nicht recht?
Wenn du nicht willst, dass sie je-mand liest, dann schmeiß sie doch weg! Ansonsten ist es sinnlos, sie aufzuhe-ben ...

Wenn du damit sagen willst, dass nur Weicheier Liebesbriefe aufheben, bitte!
Taka ...
Aber in jedem einzelnen dieser Briefe stecken das Herzensblut und die Gefühle der Mädchen, die sie geschrieben haben! Verrat mir, wie ich das einfach so wegschmeißen soll!!
ガタン
WAMM!
ビクッ
SCHLUCK...
Und dann kommst du – eine außen Stehende – und liest sie heimlich ...!
Was hast du dir dabei gedacht?! Du kannst ja nicht mal schreiben!!

はっ
UH!
...
Tut mir leid ... Das hab ich nicht so gemeint ...
Nein ...
Ich bin die Böse, nicht du ...
Lilim!!
BASCHH!

Hmpfh ...
Ich hab Lilim-chan heute wieder nicht getroffen ...
?!
Was ist das ...?
ばっさばっさ
FLAPP ... FLAPP ...
...
Wo ist sie nur hin ...?!
TOKK TOKK TOKK TOKK

...? Was ist das für ein Lärm?
TOKK
TOKK
Als ob irgendwas von drau-ßen gegen mein Fenster klopft ...
SWIPP!
TOKK
TOKK
Lass mich rein! Bitte!!
UAAAAAAAHHHH!!!
W... Weiche von mir, elender Dämon!
WEICHE VON MIIIR!!!
BASCHH!
BASCHH!
Keine Sorge! Ich habe nicht vor, meinen Hunger an dir zu stillen.
Ich bin nur hier, weil ich dich um einen Gefallen bitten möchte, Kojima-kun!
E... Einen Gefallen?
Zum Einen wollte ich dich fragen, ob ich für eine Weile die Nächte bei dir verbringen kann. Aber Takaya darf nichts davon er-fahren.
Und dann wäre da noch et-was ...

Waas?!
Lilim-chan ist von zuhause abgehauen?!
Warum in aller Welt hat sie das ge... Auutschh!
BOKKK!
Nicht so laut, du Idiot!
Ich will nicht, dass jemand was davon mitbekommt!
Aber mich fragst du als Einzigen um Rat! Ich bin ja so gerührt!
GRRR...
Ich hätte nicht gedacht, dass du mich bei meiner Schwäche packen würdest!
Ach, ich glaube nicht, dass du dir allzu große Sorgen machen musst. Wenn sie erst mal Hunger hat, kommt sie bestimmt wieder zurück.
Meinst du? Hm, vielleicht hast du ja Recht.
Sie dürfte bald wieder welchen bekommen ... Ja ...
Genau! Ha ha ha ha ha ha!
War das wirklich okay, Lilim-chan ...?

Sag mal, Takaya, wo ist Lilim-chan? Sie lässt sich in letzter Zeit gar nicht mehr blicken. Was ist los?
Stimmt! Habt ihr euch gestritten oder so?
Alles im Lot!
Sie musste nur weg, um ein paar Dinge zu erledigen. Aber sie hat gesagt, dass sie bald wieder zurück ist.
Tja ... was sollte ich ihnen auch sonst sagen ...
...
Oder hat sie sich etwa bei einem anderen Mann ...?
Wann sie wohl zurückkommt?
Ihr letzter Kuss liegt schon zwei Tage zurück. Sie müsste also schon längst wieder Hunger haben ...
...
Als ob mich das interessieren würde!
もぞっ
MUMMEL ...

... kaya ...
Takaya ...
Verzeih mir.
Ich halte durch. Das tue ich nur für dich ...
Hab noch ein wenig Geduld, ja?
Takaya ...

Li...
Lilim?!
ガバッ
KAWAPP!
ひゅううう
WUOOOOHHH...
Das ...
... war kein Traum ...!
Aber warum ...
Sie hat mir jede Menge Lebens-energie ge-nommen ...
ぴくぴく
SCHWÄCHEL...
Ha ... Ha ... Ha ... Ha ... Ha ... Ha ...
... ist sie gleich darauf wieder abgehau-en ...?!

...
Es sind jetzt schon fünf Tage vergangen, seit Lilim-chan von zuhause weggelaufen ist.
カラ・・・
Ja ...
Gemessen daran wirkst du irgendwie ziemlich gelassen, Saiki-kun.
Liegt daran ...
... dass ich sie letztens wiedergesehen habe ... Allerdings nur im Traum.
Es ist nicht so, dass sie komplett verschwunden ist. Das erleichtert es mir ein wenig ...

Was rede ich da eigent-lich für einen Mist?!
GRRP!
N... Nein! Ist voll-kommen okay!!
Lilim-chan hat das Versprechen abgegeben, nur noch dich zu küssen, Saiki-kun! Also wird sie auch bald wieder zu dir zurückkommen!
Hey! Wann soll ich dir denn davon erzählt haben?!
Sag bloß ... du hast sie getroffen ...!!
Waaaahh!! Keine Ahnung! Ich weiß von nichts!!
Oh Mann! Kojima ist echt ...
Hm?
Lieber Takaya,
Das, was letztens passiert ist, tut mir leid. Vertragen wir uns wieder miteinander? (Und lass uns demnächst ein Date haben, ja?)
Lilim

ん
WWP ...
へ
Ähm ...
Kojima-kun hat mir Schreiben beigebracht. Ich habe jeden Tag mit ihm geübt!
Allerdings kann ich bis jetzt nur Hiragana und Katakana*.
Ich dachte mir, es wäre schön, wenn ich dir auch einen Brief schreiben könnte ... Eh he he ...
*Hiragana und Katakana sind die beiden japanischen Silbenschriften
Takaya?
PLITSCH ...
ぽた
ぽた
PLITSCH ...
HUH?!
は!
Hrrk!
Ha ha ha ha ha! Takaya, du weinst ja! Wie drollig!
T... Tu ich nicht!! Ich hab nur Staub in die Augen bekommen!!
Und jetzt hör endlich auf, zu lachen!!

## Kapitel 4
## Ich halt's nicht mehr länger aus!!

TCHILP ...
チチチ
TCHILP ...
Nnnh ...
がばしっ
GRAPP!
?
Was ... Dieses warme, weiche Gefühl ... Fühlt sich an wie ...
もみ KNET もみ KNET もみ KNET もみ KNET
Nnh ...? Wo greifst du mir denn hin, Takaya ...?!
もみっ
KNET!
UAAAAHHHH!!!

BIBBER ... BIBBER ...
Wann hast du dich denn zu mir auf den Futon gelegt?! Willst du mich zu Tode erschrecken?!
Außerdem hast du doch dein eigenes Zimmer bekommen!!
Schon, aber ist es nicht wärmer, wenn man nah beieinander schläft?
Das sagst du doch nur so! Dabei geht's dir in Wirklichkeit doch nur um meine Lebensenergie, oder?
Stimmt! Ich wollte gerade in deinen Traum eindringen, als ich plötzlich einfach eingeschlafen bin ...!
Du kannst dich doch nicht einfach so, ohne vorher zu fragen, in meine Träume einschleichen!!!
ERRÖT ...
Okay ... Ich dringe nicht mehr in sie ein. Und jetzt küss mich!
Mmmmh ...
Uhh ...

Das geht nicht!
Wie soll ich denn ohne Energie zur Schule gehen?!
Du lügst! In Wirklichkeit ...
Huh?
In Wirklichkeit was?!
In Wirklichkeit ...
... kannst du es nur nicht ausstehen, mich zu küssen. Stimmt's?
Spinnst du?! Der Grund ist doch wohl offensichtlich!!
Wer ist schon scharf darauf, sich seine Lebensenergie aussaugen zu lassen?!
SCHLUCHZ ...
SCHLUCHZ ...
Aber davon lebe ich doch!
Dann muss ich wohl doch einen anderen, netteren Mann finden, der mich ...
ZUCK ...
Nicht schon wieder dieselbe Leier!
Ich hab's ja kapiert! Wenn ich zurück bin, kriegst du deinen Kuss!
Oh, wirklich?! Yippie!
Wenn Takaya zurück ist, darf ich ihn küssen!! Jaaa!!
Verdammt! Doch nicht so laut ...!
U... Und das schon am frühen Morgen ...!!

Komm schon, Saiki! Bitte! Ich möchte Lilim-chan nur noch ein einziges Mal sehen ...!!
Danach gebe ich sie auch für immer auf! Das ist der einzige Wunsch, den ich in meinem Leben noch habe!!
Da! Sieh dir das an, Saiki-kun!
Willst du zulassen, dass sie einen Mann nach dem anderen auf diese Weise verhext?!
Es bleibt uns wohl doch nichts Anderes übrig, als sie wieder in dem Anhänger zu versiegeln, bevor noch mehr von ihrer Existenz erfahren!!
HRAAAAHH!
ぎゃおおっ
ZETER!
Schnauze!
Was für ein »Anhänger«?! Und warum »versiegeln«?! Hör auf, Zeug zu labern, das ich nicht verstehe, du Zwerg!!
ピキ
TCHINGG!

Eh ...
Ich hab mir euer Rumgekeife stillschweigend angehört.
Aber lasst euch eins gesagt sein: Ich habe mit diesem Mädchen nichts zu tun!
RUHE!
DOMM!
Schon wieder so 'ne dreiste Lüge!!
Kann schon sein, aber ...
Seit wann dürft ihr mich so behandeln, als wären wir die dicksten Freunde der Welt?!
Aber der Einzige, der dazu in der Lage ist, sie wieder zu bannen, bist du, Saiki-kun! Du gehörst zu dem überaus seltenen Menschenschlag, der vom Schicksal zum Helden bestimmt wurde! Ein Mann, über den andere sagen: »Fürwahr! Dass in diesen dunklen Zeiten noch Männer wie diese unter uns weilen!«
KRAKKK!
A... Aaaaahhh!!
Nehmt ihren Namen nie wieder in den Mund ...
... kapiert?!

...
Was mach ich nur ...?
Ich hab mit einem Mal so einen Hun-ger!
Ich fühl mich, als würd ich gleich sterben!
GRUMMEL ...
GRUMMEL ...
GRUMMEL ...
Erst zehn Uhr ...?
Es wird noch eine ganze Weile dauern, bis Takaya wieder zu-rück ist ... Seufz ...
TICK ...
WÄLZ!
Nnh ...
TICK ...
TICK ...
WÄLZ!
TICK ...
Nnnnnh ...
TICK ...

Schauen Sie nun bitte zur Tafel.
Bei dieser Aufgabe handelt es sich um eine praktische Anwendung der Glei-chung von Seite 108 ...
1-4
WWP...
?
Da draußen vorm Fenster ist ir-gendwas ...!
I... Ich kann nicht mehr ... Ich halt's einfach nicht mehr länger aus ...!
UAAAAHHHH!!
AAAAAAAAAHHHHH!!

L... Lilim?!
Aah!
Die hab ich doch schon mal gesehen!!
Das Mädchen, das mir im Traum erschienen ist!! Sie existiert also wirklich ...! Dann war es keine Vision?!
Dass ich sie nochmal wiedersehe ...! Ich glaub, ich träume ...!!
Aber es ist kein Traum!
Ich flehe dich an! Werd meine Freundin! Bitte!!
Idiot!! Sie gehört MIR!!
Gib mir nochmal einen Kuss!!
Diesmal will ich wissen, wie der Traum zu Ende geht ...!!
うじゃ
DRÄNGEL!
うじゃ
TOB!
AAAAAAHH!!
Hey, Saiki! Da draußen vor eurem Klassenfenster ist Lilim-chan ...!!
ガラ
GARRANGG!
わー
ZETER!
BRÜLL!
...
わー
SCHREI!

G...
GEHT ZURÜCK AUF EURE PLÄTZE UND SETZT EUCH WIEDER HIN!!!
STILLE ...
Ich ...
Ich weiß, wo sie wohnt. Ich werde sie nachhause bringen.
Äh ... G... Gut ...
Ah! Takaya ...
Schon gut! Sag nichts!

PLAPPER!
PLAPPER!
PLAPPER!
Waas?! Du weißt also doch, wo sie wohnt ...?!
Habt ihr ihre schwarzen Flügel gesehen?! Ich sag's euch, das ist ein Dämon! Ein DÄMON!!
Was redest du da, Kojima?! War das nicht einfach nur Cosplay?
Was spielt das schon für 'ne Rolle?! Sie ist SAIKIS Freundin! Warum ausgerechnet seine?! Verflucht ...!!
Dabei war sie die Erste, die ich geküsst habe ...!
Idiot! Mit mir verbindet sie mehr als nur ein Kuss!
ZUCK!
Hey! Was meint ihr damit?!
Hm? Ach so, du bist nicht aus unserer Klasse. Deshalb weißt du's auch nicht.
Jeder von uns hatte was mit ihr ... Allerdings nur im Traum.
JEDER VON EUCH?!
WÜRG!
Soll das heißen, selbst DU hast mit Lilim-chan ...?!
I... Ich krieg keine Luft mehr!
D... Das glaub ich jetzt einfach nicht! Warum gehe ICH nicht in die Vierte?! Verdammt!!!

Ich hätte nicht gedacht, dass ich so einen Riesentumult auslösen würde.
Ich hatte einfach solchen Hunger. Ich konnte nicht mehr so lange warten, bis du von der Schule zurückkommst ...
Klar, ich versteh schon, dass es schlimm ist, Hunger zu haben ...
... aber deshalb musst du doch nicht gleich vor unserem Fenster umherschweben!
Also bist du doch sauer auf mich?
Klar bin ich das!
Fliegen ist jedenfalls verboten!!
Was?! Aber es ist praktisch!
Versteh doch!
Was, wenn dich jemand wegen deiner Flügel einfängt und an jemanden verkauft, der dich in einen Schaukasten einsperrt?! Was dann?!
Dann kommst du und befreist mich! Da bin ich mir ganz sicher!
Und dann noch was!

BASCHH!
Worüber ich mir schon die ganze Zeit Gedanken mache, sind deine viel zu knappen Klamotten ... Du solltest aufhören, so was zu tragen!
Wenn du sie weiterhin trägst, laufen dir nur noch mehr Männer hinterher!
Aber wenn mein Rücken bedeckt ist, kann ich meine Flügel nicht ausstrecken und somit auch nicht fliegen!
Ich hatte ja auch gesagt, du sollst nicht fliegen!!
KRRRP!
Ich bin die Einzige von uns beiden, die sich einschränken muss!
POCH!
Dabei hatte ich sogar schon versprochen, mich von der Lebensenergie keines anderen Mannes zu ernähren!
Tja ...
Uhh ...
... und deshalb wird es nun auch langsam Zeit für einen kleinen Snack.

O... Okay! Ist ja gut!
Ich bin ein Mann, der seine Versprechen auch einhält! Alles klar?!
Mmh ...
...
ひゅううう
HYUUUUUH...
Was ist los?! Warum küsst du mich nicht?!
Nnnh ... Das war's ...! Ich kann nicht mehr ...!
H... Hey! Soll das etwa heißen, ICH soll es tun?!
PLOMM!
Aber ich kann mich nicht mehr bewegen ...
Bitte ... Takaya ...
...
SCHLUCK!

POCH...
POCH...
POCH...
POCH...
POCH...
...
Tu es ...
POCH...
Du willst immer noch nicht?
ERRÖT...
Aber ich habe noch Unterricht und brau...
!!
SMOOOCH!
Ich ...
Ich kann's einfach nicht!! Ich bring es einfach nicht fertig, auch noch selbst dafür sorgen zu müssen, dass mir meine eigene Lebensenergie flöten geht!!
GASCHH
Je schneller du's tust, desto schneller verschwinde ich auch wieder von hier!

...
W... Wahnsinn ...
TRÄUM...
Mmmh! Jetzt geht es mir wieder gut!
STRECK...
STRECK...
Nur dass du's weißt! Ich hab dich eben geschont!
Den Rest hol ich mir heute Abend! ♡
Den Rest ...?! Uahh!
BASCHH!
Da hast du ihn zurück, Takaya.
Bis später!
FLAPP!
Ich hab doch gesagt, du sollst nicht fliegen ...!!

Saiki-kun!
Und? Was wollte Lilim-chan hier?
TRÄUM ...
Wir werden nie näher an sie herankommen, wenn wir nichts gegen Saiki unternehmen!
Und das wird uns in diesem Leben bestimmt nicht mehr gelingen ...
Alle unsere Klassenkameraden sind zu ihren Liebessklaven geworden! Sie schenken meinen Erklärungen nicht das geringste Gehör!
Hey, hörst du mir zu, Saiki-kun?
EXPLODIER!
ムカ
Jetzt reiß dich mal zusammen!!
DOSCHH!
Ghh!
PLOMM!
Hey, hast du das gesehen?! Kojima hat Saiki umgehauen ...!
Das soll der Kerl sein, der Lilim-chan am Nächsten steht ...?
Saiki-kun! Du hast Lilim-chan wohl schon wieder was von deiner Lebensenergie gegeben!
Der Titel des Stärksten sollte wohl an Lilim-chan gehen ...!

ぐーっ
GRUMMEL...
ぎゅる
GRUMMEL...
GRUMMEL...

## Kapitel 5 Miu-chans Auftritt!!

## Kapitel 5 Miu-chans Auftritt!!

*Der Begriff des »Idols« bezeichnet in Japan Personen, die vor allem aufgrund ihres Aussehens bei den Massen begehrt sind

Hääh?! W... Wer ist das?! Und auf welche Schule geht sie?!
Wenn ich das wüsste, hätte ich schon längst selbst Bilder von ihr geknippst!!
DAMM!
Für ein Foto würde ich 10.000 Yen* springen lassen!
Das Idol, von dem sie da reden, ist Lilim. Da bin ich mir sicher ...
Hmm ... Fotos von Lilim an den Höchstbietenden zu verkaufen ... Wie zur Hölle kann ich an so was überhaupt nur denken?!
WWP...
Hey ... Der Foto-Klub-Typ kommt ja auch in deine Klasse.
*in etwa 75 €
Tja, weißt du, bis vor Kurzem hatte auch ich nur Miu-chan im Kopf.
HEH!
Aber jetzt ist es nur noch Lilim-chans unschuldiges Gesicht und ihr weiblicher Körper!
Hey!
Was machst du denn da?! Das hat mich 5.000 Yen gekostet!
FLUPP...
Aber die Bilder von Miu-chan trage ich trotzdem noch bei mir! Hier, guck mal! Ist am Computer bearbeitet worden! Cool, was?!
BATSCH!
Interessiert mich nicht!

Miu-chan?
Miu-chaaan!
Was ist denn, Mama?! Ich will gerade los!
Du hast dein Handy vergessen!
Ich mache mir solche Sorgen! Bist du dir auch wirklich sicher, dass du es allein zu deiner Tante nach Tokyo schaffst?
Und all das nur, um an diesem Idol-Casting teilzunehmen!
Ich weiß ja, dass alle sagen, dass du hübscher bist als jede Andere, aber ...
Mama ...
Auch Miu ist klar, dass das Showbusiness seine Kehrseiten hat, aber vor einiger Zeit wurde ihr klar ...
... dass ihre Schönheit etwas ist, das sie in den Dienst aller stellen muss!

Verzeih mir, Mutter ...
... das liegt nur daran ...
... dass ich so irrsinnig, unglaublich, unbegreiflich, überirdisch süß bin.
Es war für Mama eine große Last, Miu mit solch süßem Aussehen in diese Welt geboren zu haben ...
Ob die Kleider, die ich beim Casting tragen werde, schon bei meiner Tante angekommen sin...
WUPP!
GRAPP!
Nein!!
DASCHH!
Aaahh!!
Mius Täschchen !!

Was ist passiert?
Er hat ihr die Tasche vom Arm gerissen!
Wie gemein ...!
TWAKKK!
Iaagghh!!
AH!
Oooh! Er hat den Dieb gestellt!!
Wie schön! In letzter Zeit kam es in dieser Gegend nämlich häufig zu Diebstählen!
Was ...
Was ...
Was ...
Kannst du stehen?

Was für eine märchenhafte Gestalt!
FUOOMMMM!
...
Äh ... Ja, ich kann stehen!
POCH ...
POCH ...
WUPP!
Aah ...
Da ist Blut auf deinem T-Shirt ...! Wie furchtbar!
Hast du dich verletzt?
Hm?

Das stammt nicht von mir ...
... sondern von jemand anders.
V... Von jemand anders ...?!
Vorhin hatte sich noch jemand mit mir angelegt. Hat mit dieser Sache hier aber nichts zu tun.
Hier ...
Oooh! Da geht er hin, der Held der Gerechtigkeit ...!
Ich erinnere mich an ihn!
Das ist dieser Takaya Saiki von der Nishiko ...!
Man erzählt sich, er prügle sich ständig nur mit anderen herum und dass er gewalttätig, unbarmherzig, roh, primitiv, ruchlos, scheußlich und ... und ... ein Teufel sei ...
Doch es scheint, als besäße er auch eine barmherzige Seite ...

Wa... Miu-chan!
Was ist los?! Müsstest du nicht schon längst im Zug sitzen?! Hast du etwas vergessen?!
Nein, Mama ...
Ich will nur kein Star mehr werden.
Nicht? Ich verstehe. All die schrecklichen Dinge, die dich dort erwarten, haben dich ...
Nein ... Das ist es nicht.
Egal ... Jedenfalls macht mich deine Entscheidung froh! Ich gehe dein Abendessen vorbereiten.
Ich kann nichts essen.
In meiner Brust ist kein Platz für solche Dinge wie Essen.
Huh?
»Brust«?
Diese Qualen ...
Allein schon bei dem Gedanken an seine Erscheinung schnürt sich mir der Brustkorb zu ...
SEUUUFZ ...
きゅう〜ん
Ist das Liebe?

Doch ich bin so froh, dass mir, noch bevor ich zum Idol wurde, bewusst geworden ist ...
... dass Mius Schönheit allein für Takaya-kun existiert ...!!
Er und NUR er ist mein wahrer Prinz!!
WÜRRRG!
Aaaahhh!! Ein Wink des Schicksals?! Nyaaahhh!! Mius Herz pocht wie verrückt!
BASCHH!
Ja ... Ich werde ihn morgen zuhause besuchen gehen, um ihm meinen Dank für das, was er heute für mich getan hat, auszusprechen! Seufz! ♡
Lieber Gott!
Lass Miu Saiki-kuns Prinzessin werden ...!

Natürlich werde ich das! Saiki-kun ist gewiss schon Hals über Kopf in mich verliebt!
Was rede ich denn da?!
Haaach ...! Ich bekomme schon Angst vor meiner eigenen Schönheit ... ♡
...
Das Mädchen heute Morgen war ganz süß ...
Sie war, wie soll ich sagen, so ladylike ...
Klar, ich hab zwar meinen Ruf weg, aber ich hätte sie ja wenigstens nach ihrem Namen fragen können ...
Sie hatte so weiches Haar ... Hätte sie Flügel, würde sie wie ein Engel aussehen ...
GARRANGG
Bin zuhause!
SCHWELG ...

ばささっ
FLAPP FLAPP
Ja! Einmal pro Tag muss ich meine Flügel einfach mal ausstrecken!
どよ〜ん
SWUMM!
Ach, stimmt ... Und dann war da ja noch dieser Dämon, von dem ich besessen bin ...
AAAHH! ひーっ
Haach! Das ganze Rumgefliege hat mich echt hungrig gemacht!
D... Dann stell gefälligst nichts an, was dich hungrig macht!!
Ist die Befriedigung seiner Bedürfnisse und Triebe denn nicht das, was einen Dämon ausmacht?!
SCHMIEG! ぴと
Wie lange willst du dich eigentlich noch an deine hinkende Logik klammern, hm?
Halt die Klappe! Ich bin ein MENSCH! Und wir Menschen sind quasi die Früchte der Logik!!
Hah! DU und eine »Frucht der Logik«?! Du machst doch nur einen auf cool!
Das ist keine allgemeingültige »Logik«, sondern lediglich dein eigener Standpunkt!!
Okay! Dann vertrete ich eben nur meinen eigenen Standpunkt!!

So, so ...
Als würde der für mich irgendeine Rolle spielen! Und jetzt küss mich!!
NNFFHH!!!
ちゅっ! SMOOCH!
Was?! Du hast das Casting sausen lassen?!
Dabei hattest du den schriftlichen Test doch bereits bestanden! Was für eine Zeitverschwendung!
Ja, schon ... aber ich habe einen Jungen getroffen, der mir sehr, sehr viel bedeutet ...
Und hattest du nicht auch gesagt, du könntest es nicht zulassen, dass es nur noch hirnlose Idols mit Riesenbrüsten gibt?!
Was denn, echt?! Wer ist es?! Wer?!
ERRÖT... ぽ
Saiki Takaya ... von der Nishiko ...

*-san: höfliche, geschlechtsunabhängige Anrede; bedeutet Frau bzw. Herr

## Kapitel 6 F-Schock

Saiki ... Du bist doof!
Herausforderung zum Zweikampf
BASCHH!
Heute waren fünf Zweikampf-Herausforderungen in meinem Schuhfach ...
Seit Lilim aufgetaucht ist, hat die Zahl der Typen, die sich mit mir anlegen wollen, nur noch weiter zugenommen.
FLUPP!
FLUPP!
Der, der und der sind Schwächlinge. Um die brauch ich mich nicht zu kümmern!
FLUPP!
Und der ... Na ja, den kann ich mir ja mal zur Brust nehmen, für den kleinen Prügelhunger zwischendurch.
Und was haben wir hier ...?
Wohl ein Liebesbrief ... Nur Frauen benutzen solche Briefumschläge.
Takaya Saiki
Hmm ... In letzter Zeit geben mir Liebesbriefe so ein unangenehmes Gefühl. Ich glaub, ich hab gar keine Lust, ihn zu lesen.
TAKAYAAAA!♡
SCHLUCK!

W... Was ist?! Was möchtest du, Lilim?!
Das weißt du doch ganz genau! Wenn ich was von dir will, kann es sich ja wohl nur um das Eine drehen, oder?!
Hm? Was versteckst du da hinter deinem Rücken? Sag schon!
Ach so! Na klar! Es geht ums Essen! Ums Essen!! Morgen ist schulfrei, also saug mir nach Herzenslust meine Lebensenergie aus!
Wirklich?! Cool! Dazu sage ich nicht Nein! ♡
Miu Shirai
FLATTER ...
Haaach ...
Ob Saiki-kun meinen Brief schon gelesen hat?
KNAUTSCH ...
Eine Freundin darum zu bitten, meinen Brief in sein Schuhfach, noch dazu in einer reinen Jungenschule, zu stecken ...
Ob Miu nicht doch ein wenig zu tollkühn war? Seufz ... ♡

»Um mich bei dir für deine Hilfe neulich zu bedanken, werde ich dich am Samstag um zehn Uhr zuhause besuchen kommen.«
Und ich weiß auch schon, was ich mitbringen werde: Mius selbst gemachten Spezial-Windbeutel!!
Er wird sagen: »Die sind aber lecker!«, und mich daraufhin auf ein Date einladen!! ♡
WOSCHH!
WOSCHH!
WOSCHH!
Nyaaahh!! Ich sehne mich so danach!!!
KRASCHH!
Aah!
...?! Was war das eben für ein Geräusch, Miu-chan ...?!

SCHLENDER ...
きょろ
きょろ
SCHLENDER ...
Hmm ...
Das Haus scheint einem gewissen »Takao Saiki« zu gehören.
Ich hab die Adresse im Telefonbuch gefunden. Hoffentlich ist es die richtige ...
Hi hi ...
Wohin er wohl mit mir gehen wird, sollte er mich wirklich um ein Date fragen? ♡
Takaya?! Takaya!!
Auch wenn heute schulfrei ist, kannst du nicht einfach bis in die Puppen im Bett bleiben! Und jetzt lass mich deinen Futon ausschütteln!!
んはっ
WAPP!
Uuh ...
Außerdem sollst du was für mich erledigen gehen! Hast du gehört, Takaya!!

Wir haben heute Nachmittag Gäste! Und bis sie kommen, werde ich mit Aufräumen und Saubermachen beschäftigt sein!
Dass ich so müde bin, ist Lilims Schuld! Also lass sie einkaufen gehen ...!
Was hast du denn gestern Nacht mit Lilim-chan getrieben, hä?!
Nghh !!
Na gut, dann werde ich eben sie darum bitten.
In dieser Aufmachung lasse ich sie allerdings nicht vor die Tür ...
Ah ha ha!
Hausnummer acht ...
Es muss hier irgendwo sein ...
Ah, dort!
?!
Sai
...
aiki

POCH ... POCH ...
D...
Aus irgend-einem Grund ...
... bröckelt Mius Selbst-vertrauen gerade ein wenig ...
Dieses mulmige Gefühl ...
Ähm ...
?
Wohnst du in diesem Haus ...?
Ja ...
Genau! Sie ist nur eine Verwandte! Eine Ver-wandte!!
YES!!
Allerdings frage ich mich, ob Saiki-kun nicht auch auf so große Brüste wie die da steht ...
Hm ...
FLOOING!

Zu wem willst du denn? Ich rufe ihn für dich.
Mo... Moment!!
Ich weiß, diese Frage ist seltsam, aber ...
... sind diese Brüste ... echt?
Fass sie an ...
KNET ...
KNET ...
!!!
Hah ...! Heh ...! Hoh ...!
Die sind echt ...
WUPP!
Hier!! D... Die sind für euch!
Eh?
Wenn du mich jetzt bitte entschuldigen würdest!!

Nein! Miu, du Dummerchen! Wieso läufst du weg, obwohl du Saiki-kun noch nicht einmal gesehen hast?!
Sie trägt keinen BH ...!!
Was ist das?
Was ist los? Hast du nicht eben noch mit jemandem gesproch...
Nanu?
Ooh ... Windbeutel! Die sehen aber lecker aus!!
Die werde ich unseren Gästen zur Begrüßung anbieten! Danke, Lilim-chan!
Eh he he!
Keine Ahnung, wieso, aber sie hat mich gelobt!
...
Gut!
Lass uns nachher zusammen shoppen gehen!
Ich werde dir etwas Schönes kaufen, Lilim-chan! Hi hi ...

Tadaaa!
Sehen Sie nur, was mir Ihre Frau gekauft hat!
OOOOH!! うぉ～
Es ist wundervoll, Lilim-chan!! Beautiful, pretty and sexy!!!
Und, Takaya? Findest du, dass es mir steht?
IGNORIER! プイッ
Schrei mich nicht so an! Ja, ja, es steht dir!
Wird's nicht Zeit fürs Mittagessen, Mutter?!
Ja! Schon gut, eine Tochter zu haben ... Sag mal, wieso schaust du so griesgrämig drein?
Weil ich eigentlich vorhatte, ihr noch zwei, drei andere Sachen zu kaufen ...
Aber die horrenden Kosten für ihre Unterwäsche haben mein Budget gesprengt!
ぴくっ ZUCK!

Das Unterhöschen ging ja noch! Das Problem war der BH!
Dieses Kind hat derartig grosse Brüste! Entsprechend hoch war dann auch der Preis!
SABBER ...
Sie hat Körbchengröße F! Ich wusste nicht mal, dass es diese Größe überhaupt gibt! Die Jugendlichen von heute sind einfach unglaublich entwickelt!
Jaaa ... Wie furchtbar ...
F... F ... F ... F ...
F... F ... F ... F ...
?
Du bist ja ganz rot im Gesicht, Takaya ...
Heey!! Was geht dir denn da gerade durch den Kopf?!
Ich werde dir die Kosten für Lilim-chans Unterwäsche von deinem Geld abziehen!!
A... Aber ...!!
WWP ...
...
DAKK ...
Puuh ...

POCH ...
Oh Mann!
Hätte ich mich nicht so zusammengerissen, hätte ich die ganze Zeit über verträumt vor mich hin gegrinst!
Die Kleine, der ich letztens geholfen habe, war schon ganz nett. Aber weibliche Rundungen sind auch was Feines ...
Und noch dazu in Körbchengröße F ...
SCHLUCK ...
F ...
ZÄHL ...
ZÄHL ...
ZÄHL ...
...
A ... B ... C ... D ... E ...
Takaya!! Das Essen ist fertig!
PRESS!
UUAAAAAAAAAAAAHHHHH!!!
Warum hast du dich denn so erschreckt??
So also fühlt sich Körbchengröße F an ...
POCH ...
POCH ...
STARR!
I... Ich hab mich nicht erschreckt ...!

Du hast doch morgen Zeit, oder?
Natürlich! Morgen ist ja schließlich Sonntag!
Erinnerst du dich an das Versprechen, das du mir gegeben hast?
Ich soll dir ein Versprechen gegeben haben?
Ja, das hast du!
In meinem Brief an dich stand, dass wir demnächst zusammen ein Date haben werden!
Klar, das hast du geschrieben! Aber ich habe mit keinem einzigen Wort erwähnt, dass ich auch wirklich auf ein Date mit dir gehen würde!
Nein, nein, nein, NEIN!! Ich will aber ein Date mit dir!!
Aber ich ...
Als du mich das letzte Mal ausgeführt hast, warst du gemein zu mir!
Deshalb will ich, dass es diesmal wie ein echtes Date wird! So wie in einem Fernsehdrama!
Dabei hatte ich mich schon so darauf gefreut, den Einteiler zu tragen, wenn du mich morgen ausführst ...

*Mochireisteig gefüllt mit süßer Bohnenpaste

Als ich heute welche besorgen wollte, waren sie gerade ausverkauft. Könntest du mir diesen Gefallen bitte tun, Lilim-chan?!
Na klar! ♡
Ich hab doch gerade gesagt, dass ich auf kein Date gehe!!
Da freu ich mich aber! Die Mame Daifuku von Furukawaya sind nämlich wirklich lecker!
...
Yippie! Das Date steht!!
...
Jetzt muss ich es wirklich machen ...
Dabei wollte ich es morgen bei meinem Date mit Takaya anziehen ...

Verdammt!
KAWAPPP!
Mit dem süßen Gesicht und dem hübschen Kleid ...
... wird sie nur noch mehr Männer anziehen!!!
Nein!
Ich muss verhindern, dass sie dieses Kleid trägt!
Argh! Aber ihre normalen Klamotten zeigen noch mehr Haut!
Was soll ich nur tun ...?!
LUG ...
るん るん
LA LA LAAH ...
Man kann es drehen und wenden, wie man will, aber sie hat es sich in den Kopf gesetzt, dieses Kleid anzuziehen ...!
Sag mal ...
Habt ihr wirklich nur das da gekauft? Sonst nichts?!
Doch ...
Dann zeig es mir!

Ich kann es dir ...
... aber nur so zeigen. Ist das okay?
LUPF!
LEECHZ!
Iaaaaahhh!! Meine Augen!! Meine Augen sind ...!!!
Heey! Was soll DAS denn heißen?!
Hier, schau! Der Panda auf dem Hintern ist total süß!
Dabei habe ich doch im Traum gesehen, wie Saiki-kun mich ausführt!
Na gut! Dann gehe ich morgen eben zu Furukawaya und esse so viele Mame Daifuku, bis ich platze!!!
HEUL!

ドキ
POCH ...
POCH ...
キ
ドキ
POCH ...
キ
POCH ...

# Kapitel 7 Kuss in aller Öffentlichkeit

Es ist Morgen ...
Der Tag, an dem ich mit Lilim ein Date habe, ist gekommen.
Hmm ... Und was jetzt?
HUH?!
はっ
?!
Das ist es ...!
Warte mal! Was soll ich überhaupt anziehen?!
Ich war noch nie auf einem Date ... Und meine Schuluniform geht ja wohl auf gar keinen Fall ...!
WÜHL ...
WÜHL ...

»Partner-Look«?
Was ist das ...?
Also nochmal ...
HUST ...
Partner-Look ist, wenn sich ein Mann und eine Frau, die sich nahestehen, die gleichen Klamotten anziehen ... Zum Beispiel bei einem Date!
...
Hmm ...
STREICH ... STREICH ...
Und das da willst du tragen?
Gäähn ...
Ähm ...
Ja ...
Okay.
Wenn das so ist ...
... dann möchte ich auch im Partner-Look gehen!
GRINS!

Ah!
Ihr wollt euch wohl langsam auf den Weg machen, Taka...
ばーん
DAMM!
Ja ...
Wir gehen dann mal.
Aaahh ...!
Diese Klamotten kommen mir unerwartet gelegen.
Ich will nämlich auf gar keinen Fall, dass jemand sieht, dass ich ein Date habe. Das würde meinem Ruf schaden.
DODOMM
Sag mal, Takaya ... Ist diese Kleidung momentan wirklich angesagt?
Ja, klar! Siehst du nicht, was für neidische Blicke wir auf uns ziehen?!
Aber wir sind die EINZIGEN, die so rumlaufen ...!
DODOMM

Hmpfh ...
Miu, du bist so ein Dummerchen! Sieh nur, wie viele Mame Daifuku du gekauft hast!
Sicherlich ... Es wird mir besser gehen, wenn ich mich mit ihnen vollgestopft habe. Doch dafür werde ich auch dick.
Aber wenn schon etwas dick und rund an mir wird, dann hoffentlich mein flacher Busen.
Ja ... So wie der von diesem Mädchen ...
Wer war sie bloß ...?
Ist sie Saiki-kuns Schwester?
Aber ich habe nirgendwo gehört, dass er Geschwister hat. Und trotzdem leben sie zusammen ...

Oder ist sie etwa seine VERLOBTE?!
Neiin!! Das darf nicht sein!!
Sie sind ja nicht mal im heiratsfähigen Alter ...!!
HUH?!
Was ist denn das?! So 'ne Art Performance, oder was?!
TUSCHEL ...
Und das an einem Tag, an dem es so heiß ist ...
Bloß nicht hinsehen ...
TUSCHEL ...
Ist das HEEIISS!
SWAPP!
Heiß! Heiß! Heiß! Ich kann das nicht tragen!
SWAPP
SWAPP
SWAPP
WAAAAHHH!! Und deshalb musst du dir ausgerechnet HIER die Klamotten vom Leib reißen?!!

!
Das ist doch das Mädchen von gestern ...! Und ...
Saiki-kun?!
Du solltest deine Sachen auch ausziehen, Takaya!!
Aahh!!
Jetzt reicht's!! Das hier ist überhaupt kein Date!!
Ein Date sollte doch wohl Spaß machen, oder etwa nicht?! Wieso fühle ich mich dann wie ein Brathähnchen?!
E... Ein ...
... DATE?!
Hör auf, so rumzuschreien! Kaufen wir die Daifuku und gehen zurück nachhause!
Nichts da!!
Wir waren doch noch gar nicht im Kino, geschweige denn shoppen!!

Halt endlich die Klappe! Die Leute glotzen uns schon an! Los, komm! Beeil...
Uhh ...
WAAAHH!
OOOHH!!
Und das vor allen Leuten!! Ganz schön gewagt!!

Krass! Sie küssen sich schon eine ganze Minute lang ...!
Oh Mann ... So ein hübsches Mädchen würde ich auch gern mal knutschen ...!
PLOMM!
HAAHH!
Wa...
Was soll das?! D... Du ...
KIPP!
Hmpfh!
Tja, tut mir ja leid, aber ...
... ein Kuss in der Öffentlichkeit gehört nun mal auch zu einem richtigen Date, findest du nicht?!
Wie gemein ...
DASCHH!
Wie gemein!

BATSCHH!
!!!
Moment mal!! Was soll denn das?!!
Du bist ja so gemein! Was fällt dir ein, Saiki-kun einfach so vor meinen Augen zu küssen?!!

Tei
Hä?!
Wer bist du überhaupt?! Du warst auch gestern bei ihm zuhause!
Soll das heißen, ihr liebt euch?! Das lasse ich nicht zu!!
Miu ist nämlich ganz, ganz doll in Saiki-kun verliebt!!
Aah ...
ERRÖT!
Jetzt ist es raus ...!
O... Oh nein!! Was mach ich denn jetzt?! Das wollte ich doch gar nicht!!
Aber vielleicht war dies auch genau der passende Moment, um unser Band der Liebe zu knüpfen ...
Und das auch noch, während er vor mir ... Nyaaaaah! ♡
Nein! So etwas passiert nur im Märchen! Miu, du Dummerchen!
Ah ...
SWIPP ...

ちゅ
SMOOOCH!
SWUMM!
Du ... Du hast sie eben ge...
Das hab ich nur gemacht, weil mich ihr lautes Geschreie genervt hat!!
あわわわ
WAAAHH!
Was denn?! Ich hab keinen anderen Mann geküsst, also ist doch alles paletti, oder etwa nicht?!
Buähh! Eklig!
UUAAAAAA-AAAAAH!!!
PLOMM!
はた!
Ach, lass mich doch in Ruhe!
DASCHH!
だっ
Lilim! Warte!!

Wenn sie jetzt auch noch auf die Idee kommt, von hier aus nachhause fliegen zu wollen, bin ich ...
Noch dazu hat sie eben gesagt, dass sie in mich verknallt ist ...
Aber genauso wenig kann ich sie in diesem Zustand hier liegen lassen!
...?
Ah ... Du bist wieder zu dir gekommen.
Ein großer, breitschultriger Junge hat dich huckepack bis hierher getragen! Und? Soll ich erst einmal einen Arzt rufen?
Ma... Mama! Der Junge! Ist er schon wieder weg?!
Ja ... Er wirkte irgendwie ausgelaugt.
Als ich ihn fragte, wie ich ihm danken könne, sagte er nur, ich solle ihm einfach sechs Mame Daifuku geben, was ich dann auch getan habe.

Ha ...
Ha ...
Hätte ich so viel Energie wie normalerweise ...
... würde mir dieser weite Weg keine Probleme bereiten.
Shit ...! Lilim ...
Du hast mich gerufen?
!
Wieso hast du dir die Mühe gemacht, dieses Mädchen huckepack bis nachhause zu tragen?! Du bist echt bescheuert!
Ich hab dich die ganze Zeit über beobachtet! Du konntest ja alleine schon kaum laufen! Wieso also hast du dich für die Kleine so veraus...
FLAPP!
Es hat dich doch hoffentlich niemand durch die Luft fliegen sehen, oder?!
Du hast mich gesehen?!
Nein ... Ich hab mir einen menschenleeren Ort ausgesucht, bevor ich meine Flügel ausgebreitet habe!
Echt?! Ganz ehrlich?!
Ja.
Gut ...

Ich wüsste nämlich nicht, was ich tun würde, wenn dich jemand dabei beobachtet und dir deshalb was zustößt. Das ist das Einzige, was mir Sorgen macht ...
...
Sag mal, Takaya ...
Bist du in dieses Mädchen verliebt?
Wa...
Egal in wen du dich auch verliebst, Takaya ...
... ich werde auf ewig an deiner Seite bleiben.
Li...
POCH!
Hm?!
Soll heißen ...
Sie sieht in mir nach wie vor nur eine Nahrungsquelle ...!
LAA!
LA!
Komm! Lass uns deiner Mutter die Mame Daifuku bringen!

ぱん
BATSCHH!

Kapitel 8 Überraschung

GARRANGG ...
?!
Guten Morgen, Saiki-kun!
Ah! Hi, Kojima! Was zum Teufel machen die da?
Ach, scheint, als beteten sie dafür, dass Lilim-chan ihnen noch einmal erscheint!
...
Ommm! Lilim-chaaan!
OMMMM!
Lilim-chaan ...
Und die da drüben?! Versuchen die etwa, Lilim-chan auf telepathischem Wege herbeizurufen?!
DISKUTIER ...
DISKUTIER ...
Nein ... Die machen nur gerade die Mathe-Aufgaben für heute.
Du weißt schon, wir müssen heute doch die Hausaufgaben von letzter Woche abgeben.
Stimmt ... Ozawa, unser Mathelehrer, kann ganz schön ausrasten, wenn sie jemand nicht abgi...

Oh nein!! Ich hatte total verdrängt, dass wir heute Mathe haben!! Und meine Hausaufgaben liegen bei mir zuhause auf dem Schreibtisch ...!!
U... Und jetzt?! Wir haben Mathe in der ersten Stund...
GAGGHH!!
Kojima! Du hast doch ein Handy, oder?! Leih's mir bitte kurz aus!!
Waas?! Das gibt doch nur wieder Tumult!
Klar! Und den werde ich ausnutzen, um mir von ihr mein Aufgabenheft geben zu lassen, ohne dass er was merkt!
Mach ich ... Willst du etwa, dass sie sie dir vorbeibringt?!
TIPP ...
TIPP ...
TIPP ...
Na logisch! Sie kann sich ruhig auch mal nützlich machen!
Hmm ... ♡
Welchen nehme ich denn heute?
Heh ... Die sind alle süß mit ihren Rüschen!
Aber wieso soll ich so was unter meiner Kleidung tragen? Da sieht sie doch keiner. Dabei sind die so süß ...
RRRINGG!

*-sensei: Anrede für Künstler, Lehrer, Ärzte, Anwälte, Politiker etc.

Na toll! Jetzt haben wir uns wegen der Hausaufgaben umsonst den Arsch aufgerissen!
Wenn sie ihn schon im Krankenwagen in die Klinik bringen, wird er wohl für 'ne Weile dortbleiben müssen.
Schöner Scheiß! Ich geh mir erst mal was im Supermarkt kaufen.
Ja! Ich komme mit!
GARRANGG ...
Ähm ...
Befindet sich Takaya ... Takaya Saiki in diesem Unterrichtsraum?
RAUN!
!!!
Ghh!

SKRIBBEL!
カッ
HUH?!
は!!
Ruhe! Sonst kommt noch ein Lehrer!!
BAMAM!
バッ!
St... Stimmt ... Wenn wir laut sind, kommt bestimmt jemand.
Aber cool, dass Lilim-chan nochmal zu uns kommt!
...
Ich bin heute komplett angezogen und auch nicht hierher geflogen!
Ja! Meine Gebete wurden erhört!
Idiot!! Es war die Kraft MEINER Gebete, die sie hierherkommen ließ!
Also ... Ähm ...
Geht Saiki... kun mit dir, Lilim-chan ...?
ZUCK!
ビクッ
Wa...
Aber nein! Wir lieben uns doch nicht!
Die Antwort kam wie aus der Pistole geschossen. Das war hart ...
Ach so? Dann ist's ja gut!
U... Und wie steht's mit mir, Lilim-chan ...?
Was denn?!
Ah ha ha ha!

STREIT!
BRÜLL!
Hey! Willst du dich vordrängeln, oder was?!
STREIT!
Blödmann! Ich hab doch gesagt, dass ich auch in sie verknallt bin!!
Ich will Lilim-chan auch näher kennen lernen!
Willst du mich plattmachen?! Dann komm doch! Hrrr!!
Alles klar! Wenn das so ist, dann veranstalten wir eben einen Wettkampf ...!!
GARRANGG!!!
RUHEEEE!!!
HRMPFH!
Puuh! Er hat sie nicht entdeckt!
DRÄNG!
Wie lange wollt ihr euch eigentlich noch zum Affen machen ...?!

Ma... Machst du mit bei dem Spiel, Lilim-chan?
Hmm ... Aber was wollen wir spielen ...?
TRIEF!
Sieht schmerzhaft aus ...
Sollen wir sie wirklich einen Wettkampf veranstalten lassen, Saiki-kun?!
Ja, ja ... Lass sie ruhig!
GUOMM!
Wir sind Männer! Also ein Wettkampf der Stärke! Wie wär's mit Armdrücken?!
Uh, nein! Da gewinnt Saiki auf alle Fälle ...
NEH!
Wenn's ums Aussehen geht, bild ich mir schon was ein ...
... aber mit Saiki kann ich da wohl nicht mithalten ...
むんっ
HNNGH!
Bei Männern geht's nicht nur um Kraft und Aussehen!! Also ein Kampf des Geistes!
Saiki-kuns Testergebnisse waren allerdings immer besser als meine ...
Was jetzt?!
おちこみーっ
FRUST!
Letzten Endes können wir tun, was wir wollen, aber gegen Saiki haben wir keine Chance ...!
Takaya!! Du bist echt der Größte!!
Richtig! Ihr könnt mir nicht das Wasser reichen!

*Japanische Variante von »Stein, Schere, Papier«

Ich hab mir überlegt, dass es bei diesem Spiel nicht darum geht, eine einzelne Person zu ihrem Partner zu küren ...
... sondern den Gewinnern einer Partie »Jan Ken Pon« die Chance zu geben, mit Lilim-chan in Berührung zu kommen!
Huh?
Was soll das?! Ich dachte, wir spielen alle dieses Spiel!
Das tun wir auch, aber ...
... wir werden es nicht gegeneinander, sondern gegen Lilim-chan spielen!
Jeder Sieg gegen sie ist mit einem bestimmten Privileg verbunden. Zum Beispiel wie folgt ...
Lilim-chan ...
Ein Sieg ... nennt den Namen des Gewinners.
Zwei Siege ... schüttelt die Hand des Gewinners.
... hakt sich in den Arm des Gewinners ein.
Wer verliert, ist raus. Aber je höher die Anzahl der Siege ist, desto intimer auch das damit verbundene Privileg ...
Hört sich ziemlich interessant an. Okay, machen wir's so!
WUPP!
Möchtest du noch etwas hinzufügen, Lilim-chan?
Ich finde es gut, aber nach nur drei Siegen ist das Spiel ja schon zu Ende ...
Hm ...
Vier Siege ... umarmt den Gewinner.
Fünf Siege ... zeigt allen eine Überraschung!
Wie wäre es noch damit?

Wenn es einem von euch gelingt, fünfmal in Folge gegen mich zu gewinnen, zeige ich euch allen eine Überraschung!
Eigentlich würde ich dem Gewinner ja gerne einen Kuss geben, aber ...
... das würde Takaya nur wütend machen ...
Legen wir los!
Jan, Ken ...
... Pon!!
Mist, Unentschieden zählt nicht ...!
わく
FREU ...
わく
FREU ...
Ähm, ich heiße Yoshihiko.
Hi hi hi ... Weiter so, Yoshihiko-kun! ♡
Du hast deine Hand erst danach ausgestreckt!! Also verzieh dich!!
ZETER!
わあ
Ach, und was ist mir DIR?! Du hast doch »Schere« gehabt!! Das ist unfair!!
BRÜLL!
わあ
PLOMM!
Wer schummelt, scheidet SOFORT aus!

JAN, KEN ...
Du nimmst diesen Wettkampf ziemlich ernst, Takaya ...
Jede Art von Wettkampf bringt mein Blut in Wallung ...!
JAN, KEN ...
ERRÖT!
Verlierer
Nur fünf Leute mit je drei Siegen ... Es sind nicht mehr allzu viele übrig.
Wer von euch fünfen wird es wohl schaffen, mit einem Sieg weiterzukommen?!
Also los! Runde vier! Jan, Ken ...
... Pon!
Keine Ahnung, was bei denen los ist ...
... aber ihre plötzliche Einigkeit dürfte wohl ein gutes Zeichen sein ...
Aahh !!
Nur Saiki und Hirako sind weiter!!

Unglaublich, Takaya! Sogar im »Jan Ken Pon« bist du stark!
UMARM!
D... Das ist purer Zufall!!
Jetzt ich! Jetzt ich!
POCH ...
POCH ...
Noch zwei Leute übrig ...
Was Lilim-chan uns wohl zeigen wird ...?♡
BET!
Ommm! Auf dass einer der beiden gewinnt!
So wie ich sie kenne, will sie ihnen bestimmt ihr Unterhöschen zeigen, oder so was!
Ich muss ihn irgendwie aufhalten!!
Jan ...
... Ken ...
... PON!!
DONGGG!
Ugghh !!

St... Stein ...!!
RAUN!
Keine Ahnung, warum er Hirako umgehauen hat, aber dabei hatte er mit der Hand »Stein« geformt ...!!
N... Nein!!!
Ich hab doch nur meine Faust geballt, um ihm eine zu verpassen!! Das hatte nichts mit dem Spiel zu tu...
Takaya ist der Gewinner!
Was hast du dir dabei gedacht ...?!!
Ist doch egal! Erkenn deinen Sieg einfach an!
Uahh !!
DOSCHH!
Gegen 30 Leute dürfte selbst Saiki keine Chance haben!!
Gut! Ich werde es euch nun zeigen!
Diese ...

ちっ
ぷ
BOOING!
Uh ...
N...
Nanu ...?
Oh nein!! Ich habe vergessen, mir den BH an-zuziehen!
Dabei wollte ich so gern mit ihm angeben ...!
...
Schon gut! Dass du kei-nen anhast, freut uns sowieso viel mehr ...!
Boahh! Ich konnte sie beinahe se-hen!!
Aber wieso wundert sich hier niemand, dass sie FLIEGT ...?!

# Kapitel 9
# Mius Großermittlung

Hey, Miu-chan, du rufst mich an? Das freut mich aber!
Lügner!
Deine Zuneigung ist doch auch auf diese Lilim umgeschwenkt, oder irre ich mich?
Ha ha ha ha ha!
Nein, da ist nichts zwischen uns beiden! Du bist und bleibst die Königin meines Herzens, Miu-chan, wirklich!
Ehrlich gesagt interessiert mich das nicht sonderlich.
Es geht mir vielmehr um Saiki-kun. Ich möchte dich etwas über ihn fragen.
Pfh!
Und ich war mir so sicher, dass du so ziemlich die Einzige bist, die kein Interesse an ihm hat.
Ist doch wohl egal! Hat er sich irgendwie verändert, seit diese Lilim aufgetaucht ist?

In welcher Beziehung steht dieses Mädchen zu ihm? Gibt es denn niemanden, der etwas darüber weiß?
Ist Saiki-kun etwa doch in sie ... verliebt?
Tja, weißt du, Saiki redet mit praktisch niemandem über persönliche Dinge, deshalb ... Halt, warte mal!
Was denn?
Komischerweise hängt er neuerdings immer mit diesem Zwerg, Kojima oder wie er heißt, ab.
Keine Ahnung, warum, aber ich hab das Gefühl, dass sich das zeitlich mit Lilims Auftauchen deckt ...
Stimmt!
Seitdem blubbert Kojima zwischendurch auch so komisches Zeug ...
So Sachen wie, dass Lilim-chan wieder von irgendeinem »Siegel« gebannt werden soll ... Was er damit wohl meint ...? Hmm ...

»Siegel« ...?
Ich glaube, darüber solltest du dir nicht allzu sehr den Kopf zerbrechen. Kojima ist nun mal ein komischer Kauz.
Kojima also ... Gut, verstehe. Danke ...
Yes! Ich hab Miu-chans Handy-Nummer!!
He he he!
Ach ja, ich habe dich übrigens vom Handy meines Vaters aus angerufen.
BIEP!
Sie ist wachsam wie immer ...!
...
Ich sollte mich auf alle Fälle mal mit diesem Kojima treffen ...

Dass ich allein vor einer Jungenschule stehe und einem der Schüler auflauere ...
どき POCH ...
どき POCH ...
どき POCH ...
Hach ... Liebe verleiht wohl wirklich Flügel.
Dabei warte ich nicht mal auf den Jungen, in den ich verliebt bin, sondern auf diesen Zwerg namens Kojima ...
Aber was bleibt mir auch anderes übrig! Zuerst einmal muss ich über meine Gegnerin so viele Informationen wie möglich einhol...
TCHINGG!
Aaaahh!! Das ist ja Lilim-chan!!
Wieso bist du hier?!
Weil es todlangweilig ist, allein das Haus zu hüten!
...

HRRR...
WER ist dieses Mädchen ...?!
Oh! Sogar unser Ex-Idol Miu Shirai ist hier?!
Und sie führt sich vor meinen Augen schon wieder so auf!! Ich könnte wirklich an die Decke gehen ...!!
HRRR...
Autsch! Da beißt sich aber jemand ziemlich hart auf die Lippen!
Huh?
Das Mädchen haben wir doch getroffen, als wir die Mame Daifuku kaufen gegangen sind ...
LÄCHEL!
Hallo, Kojima-kun!♡
Hää?! Miu-chan will doch nicht etwa was von Kojima?!
W... Was ist denn hier los ...?!
Nein! Ihr irrt euch! Der, den Miu wirklich liebt, ist ...

Saiki-kun!!
WUOOOHHH!!
Was hast du nur mit so einem Dreikäsehoch zu schaffen?! Haach ...!
I... Ich muss mit dir reden! Komm mal kurz mit!
DASCHH!
Hatte sie nicht gesagt, dass sie **mich** mag ...?!
Die Gefühle von Mädchen ändern sich echt laufend!
?
Hach, das Umhergelaufe hat Miu ziemlich erschöpft!
Wo wohnst du, Kojima-kun?
Ähm, in dem Haus dort drüben ...
Oh! So nah dran? Dann lass uns zu dir gehen!
...

Tja, ähm ...
Ist das erste Mal für mich, dass ein Mädchen zu mir nachhause kommt ...
Nicht doch ... Miu ist auch zum ersten Mal bei einem Jungen zuhause!
Ich glaube nicht, dass du wirklich Interesse an mir hast.
Man sieht's dir einfach an.
Du hast mich nur angesprochen, weil ich zufälligerweise neben dem Jungen stand, an dem du in Wirklichkeit interessiert bist! Stimmt's?!
Ganz schön scharfsinnig!
D... Du hast Recht!
Ich möchte von dir wissen, wie es zwischen Saiki-kun und diesem Mädchen steht! Nur deshalb bin ich hier!!
SWUMM!
Uhh! Sie ist mit einem Mal wie ausgetauscht ...!

Kommen wir also zur Sache!
Was hat es mit diesem »Siegel« auf sich?
W...
Sag bloß, du stehst auch auf okkulte Phänomene?!
Respekt, dass du bemerkt hast, dass Lilim-chan ein Dämon ist!!!
Warum willst du das wissen?! Was weißt du schon alles über Lilim-chan?!
Huh?
N... Nur, dass sie eine überaus lästige Erscheinung ist und ...

WWP!
Ein »Dämon« ...?!
Was redest du da?! Du irrst dich! Ich weiß nur, dass sie ...
DASCHH!
Warte mal kurz!! Ich hole eben schnell das Buch, in dem alles ganz genau beschrieben ist!
Puh!
Er ist wirklich so seltsam, wie Matsuda erzählt hat!!
STARR!
...
Verstanden?
PLAPPER!
PLAPPER!
Dieses Mädchen ist also eigentlich ein Dämon, der Männer in ihren Träumen heimsucht, schmutzige Dinge mit ihnen macht und ihre Lebensenergie aussaugt!
Im Moment jedoch erhält sie ihre Existenz durch echtes Küssen aufrecht, ohne Männern dabei im Traum zu erscheinen ...
Wirkt ihr Kuss auch bei Frauen ...?

Huh? Frauen?!
Nachdem sie mich geküsst hat, bin ich doch ohnmächtig geworden!!
Das bedeutet, dass ich mein Bewusstsein nicht aufgrund des Schocks verloren habe?! Dieses Gefühl, als würde mir die Kraft aus dem Körper gesogen werden …
Dann ist sie also tatsächlich ein wahrhaftiger Dämon …?!!
A… A… Aber das ist ja furchtbar!! Die Menschen sollen in Frieden leben, während sich unter ihnen ein Dämon befindet?!!
Hey, schon gut! Alles in Ordnung! Beruhige dich!!
Es ist nämlich so, dass sich Lilim-chan dazu entschlossen hat, nur noch Saiki-kun zu küssen!
EXPLODIER!
ぼん!
Das ist überhaupt nicht »in Ordnung«!!
ばっこ〜ん
WAKKK!
Arghh!

Was ... Was ... Ich will dein Gesicht nicht mehr sehen!! Verschwinde! Geh nachhause!
KAWAMMM!
Aber ich BIN zuhause ...!!
Ich besorge was für Takaya-kun! La la laaa!
Einen Schreibblock, einen Radiergummi, eine Ersatzmine ...
Ah!
SWUUMMMM...
STARR!

Floh!
Kakerlake!
Zecke!
PARASIT!
Eh ...
Du stehst noch unter einem Haustier! Du bist ein INSEKT!
Warum muss Saiki-kun seine Lebensenergie hergeben, damit so was wie DU leben kann?!
Und das auch noch mit einem KUSS ...!!
HRRR...
So was wie du gehört ausgelöscht!!
BASCHH!
Perverser Dämon, du!!
Aahh!!

WWP ...
Danke, dass du die Sachen für mich besorgt hast!
Dafür lass ich dich heute Abend auch was von meiner Lebensenergie ... Hm?
WÜHL ...
WÜHL ...
Was ist los? Warum blätterst du in einem Insekten-Lexikon?
Sie hat mich »Floh« ...
... »Zecke« ...
... »Kakerlake« genannt ...
?
Takaya ...
Bin ich dein Parasit ...?!

あははは
WA HA HA HA HA!!
Ha ha ha ha ha!! »Parasit«?! Das ist wohl wirklich ein passender Ausdruck für dich!
Waas?! Du bist ein Idiot, Takaya!!!
BOX!
BOX!
BOX!
BOX!
Ha ...
Aber nur jemand, der weiß, dass Lilim ein Dämon ist, der die Lebensenergie von Menschen aufsaugt, würde so etwas zu ihr sagen ...
Hey! Wer hat dich so genannt?!
SCHMOLL!
Sag ich nicht!
Hör auf mit dem Blödsinn!! Womöglich hat die Person rausgefunden, wer du in Wirklichkeit bist!! Sag mir auf der Stelle, wer dich so genannt hat, Lilim!!
Nein!! Sag ich nicht!! Auf gar keinen Fall!!
Bei einem Dämon als Gegner dürfte es einige Methoden geben, die nicht unter Strafe stehen!
Hi hi hi ... Du wirst schon sehen, Lilim ...!!!
KICHER ...

# Kapitel 10 Machen wir einen Ausflug

DING DONG!
GARRANGG...
カラッ
Ja?
STRAHL!
ニコ
STRAHL!
ニコ
STRAHL!
ニコ
...
ガラガラガラ...
GARRARRANGG!
Heeey!! Wieso machst du wieder zu?! Mach auf!

Der ist für dich.
Was ich zu dir gesagt habe, war gemein.
Oooh, Blumen! Die sind aber hübsch!
Die nimmst du doch an, oder? Sie sind ja nicht vergiftet oder dergleichen!
Aaah! Du schaufelst dir noch dein eigenes Grab, Miu!
Aber für wen sind die? Im Moment ist keiner zuhause.
Ich sagte doch, dass sie für **dich** sind, Lilim-chan!
...
Lass uns ...
... Freunde sein!
Freunde ...?

Aber ...
... warum will sie dann, dass ich auch mit auf euren Ausflug komme?
Natürlich!
Hast du den Kampf heute gewonnen, Takaya?
Sie möchte, dass wir uns besser kennen lernen!
Ach ja, und sie sagte, sie wolle auch Kojima-kun einladen.
So, so, Kojima also auch ...
*Benutzt sie mich nur, um **Kojima** einzuladen?*
Ja! Es ist schön, Freunde zu haben!
Bei Jungs ist das ja normal, aber dass endlich auch mal ein Mädchen auf mich zukommt, um mich näher kennen zu lernen!
Da hast du wohl Recht.
Haach! Ich bin ja soo aufgeregt! ♡

Schon cool, dass Shirai-san eine eigene Villa besitzt! Sie muss ganz schön reich sein!
Dafür, dass es noch so früh ist, redest du ganz schön viel ...!
Ach ja, freut mich, dass du dich doch noch dazu entschlossen hast, mitzukommen, Saiki-kun. Ich dachte nämlich, dass du auf so was keine Lust hättest.
Ich frage mich allerdings, warum sie auch mich auf diese Reise eingeladen hat.
Ach, ich versteh schon! Das machst du, weil du Lilim-chan mit deiner Lebensenergie versorgen musst, indem du ihr alle zwei Tage einen Kuss gibst!
QUIETSCH!
Da bin ich!
Guten Morgen, Shirai-san!
Guten Morgen allerseits!
Ich bin felsenfest davon ausgegangen, du würdest in einem Benz oder so kommen.
Der Ort, an den wir fahren, liegt mitten in den Bergen. Ohne einen Geländewagen würden wir dort nicht hinkommen!

Aha! Du und Shirai-san seid also Freunde geworden ...
Ja! ♡
VROOOMMM!
Sobald Mama am Steuer sitzt, verändert sich irgendwie ihr Charakter ...
Heh ... Shirai-san versucht also, sich einen Dämon zum Freund zu machen.
Verstehe ...
Wow!
So! Wir sind da!
KRAKK
KRAKK
KRAKK

ギャア KRAAH!
ギャア KRAAH!
ギャア KRAAH!
Sieht wie ein altes, verlassenes Herrenhaus aus ...
So was sagt man nicht, Saiki-kun!!
Schon gut, Kojima-kun. Miu wollte, dass es wie das Haus einer tief im Wald lebenden Hexe aussieht, weshalb es auch in diesem Stil erbaut wurde.
...
Also dann! Ich hole euch in drei Tagen wieder ab!
Okay, Mama!
SCHWITZ ... SCHWITZ ...
Sieht so aus, als gäbe es weder Strom noch fließendes Wasser ...!
Und in der Nacht streunen hier bestimmt Bären rum!
OH-HO HO HO HO
Also gut! Gehen wir rein!!
KRUIIIK
Hallohoo ...

»Hallo«?! Soll das heißen, dass hier noch jemand ist, Shirai-san?!
Seltsam ... Eigentlich kümmert sich eine alte Dame, die am Fuße des Bergs lebt, um das Haus ...
Ob sie nachhause gegangen ist, als wir ankamen ...?
Hier ist Essen für uns vorbereitet. Lasst uns vorher aber erst noch ein Bad nehmen.
In unmittelbarer Nähe des Hauses entspringt ein Onsen*. Von dort bekommen wir warmes Wasser.
Jaaa!
Yippie! Onsen! Onsen!!
Lass uns zusammen baden, Miu-chan!!
Eh? Was?
Es gibt hier zwei Bäder. Ihr könnt also auch baden!
Schrubben wir uns gegenseitig den Rücken, Miu-chaa-an!!
FREU!
FREU!
Mo...! Hör auf, so an mir zu kleben!
...
Und? Wollen wir uns auch gegenseitig den Rücken schrubben?
WWP!
...

*Heißquelle

ちゃぽん
SPLASCHH ...
Mmmh ...
Was ist los, Miu-chan? Warum so schüchtern? Lass uns gemeinsam baden!
ザバッ
WAPP!
Klappe! Ein Mädchen mit so gro-ßen Brüsten versteht das nicht!!
キッ
SCHRECK!
Miu-chan! Miu-chan! Schau mal! Ist das nicht lustig?!
SPLISCHH!
Du benimmst dich wie ein Kind ...
DUPP ...
Aber deine Oh-ren sind süß, Lilim-chan ...
Spitz wie die eines Dä-mons ...!

PIEKS
PIEKS
Aber du bist auch süß, Miu-chan! Da! Auf deinen flachen Brüsten! Die beiden kleinen ...
IYAAAAAAAAAHHHHH!!!
Du hast mich eben nicht wirklich dort angegrapscht, oder?! Hrrr!! Los, zeig mir deine Brüste!! Ich werde dich auch dort anfassen!!
Aaahh! Na, na, na, Miu-chan!!
SPLOSCHH!
SPLOSCHH!
HA...
HA...
Ich glaub's einfach nicht! Miu-chan! Wie konntest du dich nur zu so etwas Vulgärem hinreißen lassen!
Hach! Das war lustig!
S... So?
PLÄTSCHER...
Ich gehe mich abtrocknen, Lilim-chan. Bleib ruhig noch, wenn du willst.
Okay!
Es ist so schön, Freunde zu haben!
Es ist mir ein wenig peinlich, aber du bist mein erster Freund!

GARRANGG ...
DAKK ...
KRRP ...
Aaah ...! Endlich kann ich meine Flügel aus-strecken!♡
FLAPP!
Seufz ...
Nein! Und wenn schon ... Dä-mon bleibt Dä-mon! Mitgefühl ist absolut tabu!
GATCHAKK!
!
Du bist mein erster Freund!
Ja, mag sein. Schließlich ist sie ein Dämon ...
Dabei habe ich ihr so viel Gemeines angetan ...

POCH!
Ah ...
Dieser sexy Look nach dem Bad ...
Äh ...
Wo ... Wo ist Kojima-kun ...?
Wie kannst du ihm nur so eine Frage stellen, Miu?!
Ich glaube, er sieht sich was im Fernsehen an ...
Du bist doch allein mit ihm ...!
Danke ... Bis dann ...
Ist sie so sehr in ihn verknallt ...?
Ah!
Takaya! Weißt du, was ich eben mit Miu-chan im Bad gemacht ha...
Hast du sie noch alle?! Zieh dir gefälligst was Anständiges an, bevor du aus dem Bad kommst!!
WAAAAAAHH!!
Ich muss sie wohl doch töten!
DASCHH!
PLITSCH ...
PLITSCH
KLIMPER!

Es mag ein wenig klischeehaft sein, aber ich denke, das hier ist das Einzige, das gegen Dämonen hilft.
Was davon mag wohl den stärksten Effekt gegen diesen Dämon haben? Was denkst du, Kojima-kun?
»Gegen diesen Dämon« ...? Hast du etwa vor, Lilim-chan auszulöschen?!
Hm? Natürlich!
Schließlich habe ich diesen abgelegenen Ort ausgewählt, damit niemand mitbekommt, was hier geschehen wird!
Ist das auch der Grund dafür, weshalb du mich mitgenommen hast?!
Ja ... Ich glaube nämlich nicht, dass ich sie ohne dein Wissen besiegen kann.
Kojima-kun!
WWP!
So habe ich am Anfang auch gedacht, aber ...
Sie hat ein gutes Herz!! Und trotzdem soll ich sie auslöschen?! Das kann ich einfach nicht!!

Aber ... Kojima-kun! Warte!!
Keine Sorge, ich werde nichts verraten!
Aber helfen werde ich dir auch nicht!
BAMM!
Was ...?!
SSSSSSSH ...
Soll das heißen, dass es dir egal ist, was aus Saiki-kun wird?!
Wie grausam ... Es ist nicht richtig, dass ein Mensch für einen Dämon geopfert wird!
TAP ...
GLUCKER ...
GLUCKER ...
Egal was andere sagen, ich werde dieses Mädchen ...
GATCHAKKK ...
GATCHAKKK ...
GATCHAKKK ...

W... Was ...?! Wir sind tief in den Bergen! Und es ist mitten in der Nacht ...!
Ich ... Ich kann vor lauter Angst nicht einmal schreien ...!!
...
BAMM!
SSSSSH!!

# Kapitel 11 Ein mysteriöser Besucher

SSSSSSSHH!!
...
W... Wer sind Sie ...?

TAP ...
ZUCK!
Du bist schön ...
WWP ...
Eh ...
Dieser Mann kommt aus dem Ausland ... oder?
Kaum zu glauben ... Mius süßes Aussehen ist also auf Weltklasseniveau ...!
Aber sein Gesicht ist auch sehr ...
... aber ...

フッ...
HEH!
... ICH bin noch schöner!
Angesichts meiner Geschlechtergrenzen überschreitenden Schönheit wirkt dein süßes Aussehen wie ein billiger Trick!
Wa...
Was bildet sich dieser Kerl ein ...?!
Runter, Shirai!
Iaaaahh!
Ugghh!!
TWAKKK!

D... Du wagst es, mein Gesicht mit deinen dreckigen Füßen zu ...
Uuh ...!!
So, das sollte reichen ...
Warum hast du ihn gefesselt, Takaya-kun?
Sein Rumgejammere hat mir mehr als genug Zeit verschafft, um ihn zu überwältigen!
BADAMMM!
Shirai! Bring mir ein Seil!
J... Ja!
Weil der Kerl unter Umständen irgendein Verbrecher ist, der sich in die Berge geflüchtet hat, um sich zu verstecken!
Und bei diesem Regen dürfte es eine ganze Weile dauern, bis die Polizei hier ist. Deshalb habe ich ihn fürs Erste bewegungsunfähig gemacht!
ERRÖT!
Saiki-kun ist ja sooo cool ...!♡
Gut! Dann werde ich jetzt die Polizei rufen!
KLIMPER!
Nanu?
Das ... Das ist der Schlüssel zu diesem Haus!!

Waas?! Und das mitten in der Nacht?!
Okay, dieser Mann ist also ...
... der Enkel der Haushälterin ...!
So sieht's aus! Er hatte einen Haustürschlüssel bei sich, also habe ich ihn durchsucht und fand ein Vorstellungsschreiben bei ihm!
Jetzt, da ihr Bescheid wisst, könnt ihr mich ja wohl endlich losbinden!!
Ich habe mit ihr telefoniert!
Die alte Frau hat einen Hexenschuss und hat an ihrer Stelle ihren Enkel hierher geschickt.
Das stand doch alles in meinem Vorstellungsschreiben ...!

Tut uns leid ... War nicht so gemeint ...
Aber wie kommt es, dass der Enkel der alten Dame ein Ausländer ist?
Meine Großmutter war mit einem Franzosen verheiratet.
Und ihr Sohn, also mein Vater, hat wiederum eine Engländerin geheiratet, aus deren Ehe ich hervorging! Ist das jetzt klar genug?!
WIE war das eben?! Für einen Angestellten nimmst du dir aber ganz schön was raus!!
Deine Kleidung ist vom Regen ganz durchnässt. Du holst dir noch eine Erkältung.
Du solltest schleunigst ein warmes Bad nehmen.
Puh ...
HEH ...
Aufgrund meiner Schönheit werde ich von allen ständig mit einer nervtötenden Fürsorge bedacht ...
Aber ich weiß deine unangebrachten Bemühungen um mich zu schätzen. Hab vielen Dank, kleiner Junge!
...
Aber eine Frage hätte ich da noch an dich ...
Wieso trägst du diese Kleidung? Ist das eine Schuluniform?

Das? Nun ja ...
Eh he ... ♥
Ich trage es, weil es mir steht.
HÄÄÄ ...?!
Ha ha ha ha ha ha!!
ピク
ZUCK!
Jetzt weiß ich auch, warum du dir keine Erkältung holen wirst!
»Idioten holen sich nie eine Erkältung«! So ging der Spruch doch, oder, Kojima?!
...
Der Kerl, der vorhin mein Gesicht entweiht hat ...

Dafür wird er noch büßen ...!!
WUOOOOHH!
Uh?! K... Krass!
ZUCK!
Mo...
Was ist das?! Dieses bedrückende Gefühl ...! Ich verspüre die Präsenz eines bösen Geistes!!!
WAAHH!
WER ist dieser Typ?!
Spürt ihr das denn nicht?! Aahh!! Es kommt immer näher!!!
GATCHAKKK!
Guten Morgen ...
GÄÄHN
Ihr seid wohl alle Frühaufsteher ... Gähn ...

?
S... Sie ist ...
... wunder-schön ...!!!

N... Nein, sieh genau hin! So außergewöhnlich ist ihr Aussehen nun auch wieder nicht! Sie ist einfach nur ein hübsches Mädchen, mehr nicht!! Oder?!
STARR!
Aber diese großen, runden Augen ...
SCHLUCK!
Diese helle, geschmeidige Haut, die nur darauf wartet, von mir berührt zu werden ...
SCHLUCK!
Und diese Brüste, die in mir das Begehren auslösen, sie in meinen Händen zu halten und mein Gesicht nach Herzenslust in ihren Tälern zu versenken ...
Doch das, von dem der größte Zauber ausgeht ...
... sind ihre Lippen!!
Was sind das nur für Lippen, die in mir das brennende Verlangen aufflammen lassen, sie leidenschaftlich zu küssen!!
Wer ist das?
FUOOMMMM!
Hm ... Selbst ein Kerl wie dieser scheint gegen deine Reize nicht gefeit zu sein ...

Guten Morgen, Takaya! Ich glaub, ich hab Hunger ... Eh he he ...
Hör auf, schon so früh am Morgen von so was zu reden!
KLONGGG!
Sie IGNORIERT mich?!
M... Meine Schönheit hat keinerlei Wirkung auf sie ...?!
Ha ... ha ha ha ...! Ich hingegen gehe in die Knie angesichts des Zaubers, den sie versprüht ...
GRAPP!
?!
Ich kann nicht glauben, dass mein Herz von der Schönheit einer anderen Person erschüttert wird ...!!
Lilim!
Aah!
DASCHH!
?
?
Und das heißt ...

Aahh!
DOMM!
は
HUH?!
Ich werde dafür sorgen, dass du, die mein Herz so verzaubert hat, auch meiner Schönheit erliegst!
Denn nur so bleiben mein Status und mein Stolz bewahrt!
Nein ...!
Nicht! Loslassen! T... Takayaaa!!

BASCHH!
Ghh!
Lilim!
WAKKK!
Takaya ...!
Wa...
TWAKKK!
ば
UORRGGHH!!!
...
Ich hätte nichts dagegen gehabt, wenn du diesen Idioten geküsst hättest.

**Fortsetzung folgt in Band 2**

## Und das erwartet euch im nächsten Band von

SHONEN JUMP MANGA

# Lilim Kiss

**Lilim beginnt im Leben von Takaya und seinen Eltern langsam aber sicher einen festen Platz einzunehmen, während Miu auch weiterhin nichts unversucht lässt, den sexy Sukkubus auszustechen, um doch noch bei ihrem Traumprinzen zu landen. Doch könnte es sein, dass auch Lilim allmählich Gefühle für Takaya entwickelt ...?**

# STOPP!

**Dies ist die letzte Seite des Buches!
Du willst dir doch nicht den Spaß verderben
und das Ende zuerst lesen, oder?**

Um die Geschichte unverfälscht und originalgetreu mitverfolgen zu können, musst du es wie die Japaner machen und von rechts nach links lesen. Deshalb schnell das Buch umdrehen und loslegen!

## So geht's:

Wenn dies das erste Mal sein sollte, dass du einen Manga in den Händen hältst, kann dir die Grafik helfen, dich zurechtzufinden: Fang einfach oben rechts an zu lesen und arbeite dich nach unten links vor. Viel Spaß dabei wünscht dir TOKYOPOP®!